Ludwig Weibel
In der Welt der schaffenden Geister
Inspirierte Aphorismen

Bibliographische Information der Deutschen Nationalbibliothek. Die Deutsche Nationalbibliothek verzeichnet
diese Publikation in der deutschen Nationalbibliographie,
detaillierte bibliographische Daten sind im Internet über
http://dnb.dnb.de abrufbar.

© 2025 Ludwig Weibel
Verlag:
BoD · Books on Demand GmbH,
In de Tarpen 42, 22848 Norderstedt
Druck:
Libri Plureos GmbH, Friedensallee 273,
22763 Hamburg
ISBN: 978-3-7693-2379-5

Ludwig Weibel

In der Welt
der schaffenden Geister

Inspirierte Aphorismen

Inhalt

1

Worüber Ich ein Liedchen pfeife

1.1

Gemeinsam reisen wir durch unsrer Welten Ätherlicht dem Geistesziel entgegen.

Behäbig sitzest du in deinem Weltsein ohne Meiner richtig zu gedenken.

Worüber Ich ein Liedchen pfeife, schreist du zetermordio in deiner Welt herum.

Als alles schon verdorben schien, schob Ich den Karren gütlich wieder an.

Der Macher war Ich, bis endlich eine Bildung von bedeutendem Format erstand.

Wie immer will Ich dich in deinem Sein begleiten, derweil du selber zum Begleiter wirst der Deinen.

Minutiös verfolge Ich dein Tun, um dich vor jedem Seelenunheil zu bewahren.

Freudig gehst du auf Mich zu sowie du Kenntnis hast von Meinen Wundergaben.

Aus deinem Fall ist viel herauszuholen, wenn du nur in Meinem Sinne spurst.

Bedenke doch, wie gross Ich Bin in kosmischen Gefilden und verlange trotzdem immer mehr nach Mir.

Mir ist der Ernst am Leben schon von weitem anzusehn, bei dir sucht man vergebens.

Beständig Bin Ich darauf aus, neue Werte zu begründen in des Universums Vaterhaus.

Was dir immer einfällt sollst du tun, um Mich bis dann und dann in dir zu finden.

Ich übergleite, was du Bist, mit nie versiegendem Verlangen.

Töricht sind, die nicht in Meinem Göttersinne vorwärts Schreiten.

Wer bei Mir hofiert, muss auch die unerhörten Konsequenzen tragen.

Wie rasch ist doch ein Bild zerschlagen, dessen Aufbau Riesenkräfte band.

Was dich unweigerlich mit Mir verbindet ist deine Sache, selten, aber schon.

Was immer brauchbar ist an dir, lass Ich in hellstem Ton erklingen.

Dein Griff in die Tasten bringt hoffentlich Musik vom Allerfeinsten hervor.

Was auch immer an dir relevant ist, soll sich strikt auf Mich beziehn.

Willst du dich an Meinem Hofe umsehn, kann Ich dir viel Wunderbares zeigen.

Was auch immer schmählich ist an dir, wird von Meiner Seite aufgehellt und aufgerichtet werden.

Das Gierige lass bleiben und ersetze es durch liebevolles Wegbereiten.

Mach es so wie Ich im wundervollen Geistbetrieb.

1.2

Ich verwandle Klein- in Grossmut, wo Ich immer kann, um die Situation zu klären.

Ein festliches Getriebe zieht Mich an, sofern die reine Freude herrscht darin.

Übeltäter muss auch Ich bestrafen, jedoch stets mit liebevollem Augenmass.

Der Griff in deine Taschen soll dich jederzeit von ihrer Fülle überzeugen.

Lumpereien sind nicht Meine Sache, Wahrhaftigkeit jedoch Mein Ideal.

Stop den Narreteien, Ausgewogenheit und Sinn zur guten Tat soll gelten.

Meine Leistung ist enorm, um eine Menschheit von der Seinsgewogenheit zu überzeugen.

Merke dir den feinen Satz: Ich Bin die Kunst des Seins in allen Lebenslagen.

In stiller Hoffnung trittst du vor Mich hin und weisst, Ich werde dich erhören.

Ein Dialog mit Mir kann dir nicht schaden, weil er frische Samen sät in dein empfängliches Gemüt.

Ich schalte alsogleich von rot auf grün wenn es darum geht in Meine götterlichten Sphären zu gelangen.

Ein wildes Durcheinander kann Ich nicht gebrauchen, wo Friedefertigkeit und Ruhe herrschen sollen.

Du wirst dich wie verwandelt fühlen, wenn du Meine Nähe in dir spürst.

Ohne Mass ist Meine Milde, konkret geht es Mir stets darum, dich über Mein Bewusst-Sein aufzuklären.

War es früher so, so ist es eben jetzt ganz anders zwischen dir und Mir beschieden.

Lauf Mir bitte nicht davon, selbst wenn Ich zudringlich werde.

Durch Meinen Einfluss wird dein Auftritt plötzlich ingeniös.

Für Exerzitien Bin Ich nur dann zu haben, wenn sie wirklich ehrlich sind und etwas bringen sollen.

Wo es sich bei dir zumeist um Schnäppchen handelt, komm und reagiere wirklich auf Mein Wort der Gottesgüte deinem Schlendrian entgegen.

Ich Bin dir hold gesinnt, das weisst du schon, so reagiere doch darauf.

Ein Krippenspiel zu sehen täte dir recht wohl, inmitten deiner Flunkereien.

Wovon bist du am Ende ganz durchdrungen? Natürlich nur von Mir und Meinen grenzenlosen Seligkeiten.

1.3
Was immer dir gelingt, ist Meines Daseins hocherhabenes Gelingen.

Du bildest dir so vieles ein, derweil bei Mir das Ausgebildet-Sein an erster Stelle steht.

Was immer greift, ist Mir kein Gräuel, sondern eine Geste hochwillkommenen Erhaltens.

Mein Flair für Schönes trägt sich in dir fort über Generationen.

Ich behandle dich genau so, wie Ich Mich von dir behandelt sehen möchte im erblühenden All-Hier.

Ein trautes Heim soll dir der Kosmos werden sowie du völlig eingerichtet bist in ihm.

Behutsam such Ich dich davon zu überzeugen, dass Ich Meiner Tage Soll geflissentlich in dir verbringe.

Versteh das Edelweiss zu deinen Füssen Mir zu weih`n, für alles, was Ich schon für dich getan und ausgehalten habe.

Von Meinem Iglu aus befehle Ich der Weltenl Lauf in grandios bemessnen Meisterzügen.

Was Ich Mir geworden Bin, basiert auf Myriaden zielbewussten Taten.

Mein Nimbus Ist so gross, dass man Mich überall sogleich erkennt, wo Ich im Geisterreich erscheine.

Bist du willig, zähl Ich dich zu Meinen Boten der Wahrhaftigkeit und Liebe an der Welt-Natur.

Was *Ich* unterweise, ist selbst an der renommiertesten der Universitäten nicht zu haben.

Ich kreiere ständig Wohlgeborgenheit und Frieden in den menschlichen Gemütern, die Mir nahestehn.

Wo ein Wille ist, ist auch ein Weg, doch muss es unbedingt der Meine sein im Unergründlichen.

Dort wo du immer hingehst, wirst du Meiner Weltenliebe Spuren finden.

Bejahst du Mich Bin Ich unweigerlich dazu gehalten dir dasselbe anzutun.

Du stehst in Meinem Bunde als Versierter da sowie du deine Kräfte für die Evolution der Welt verwendest.

Mir ist nichts zuviel, wenn es darum geht, dem Weltensein Vernunft und Herzensgüte beizubringen.

Lebensliebe und Bewährung in unendlicher Manier seien deine höchsten Ziele.

1.4

Die an Mir Gefallen finden, werden reich belohnt mit wundervollen Geistesgaben.

Was trägst du bei zu Meiner Herrlichkeit, will Ich dich fragen? Deine ganze Seele legst du hin.

Das Beliebige hört auf, nachdem du an dem Einen Labung und Geschmack gefunden hast.

Wer trollt sich da von dannen, der noch nicht begriffen hat, was er Schickliches für Mich bedeutet.

Mir ein wenig zu hofieren ist nicht schwer, Meine Regeln strikte einzuhalten aber sehr.

Die grosse Wende wird auch dich erreichen sowie du dich entschlossen hast dem Herrn zu dienen.

Falsche Typen gibt es überall, nur sollst du dich von ihnen nicht verführen lassen.

Zu leise ist genauso schädlich wie zu laut in deinem Kontext und Gehaben.

Schau zu, dass das Wenige das du Mir widmest, lupenrein ist und erhaben.

Reich gesegnet sollst du dich mit Meinen Gaben fühlen, damit ihrer würdig bist.

Meine Lehre soll auch dir gehörig und plausibel sein mit ihren hunderttausend Variationen.

Wenn du für Mich eintrittst, kannst du sicherlich auf Meine Gegenliebe zählen.

Wenn Ich vor dir verschwinde, sei nicht bang, du sollst voll Sehnsucht Meine Wiederkunft in dir erwarten.

Bist du von Meinem Hiersein überzeugt, kannst du getrost ans Ende deiner Welten gehn.

Im biblischen Bereich kannst du Mich alles fragen, was immer auch dein Herz bewegt.

Loyal und friedefertig komm Ich dir entgegen, derweil du noch enorm zu kämpfen hast mit dir.

Das Zentrale Bin Ich, du die leidenschaftliche Peripherie.

Von hoher Warte aus will Ich dich sehn, beständig und gewiss auf Meinen Wegen.

Ohne Mich läuft nichts Gescheites in der Welt herum, und muss schlussends versagen.

Wo find Ich Trost, heisst manch erschütterndes Gebet, derweil Ich würdige die Klagen.

Bist du gespannt, so Bin Ich stets bestrebt zu lockern die Gebeine.

Was Mir entspricht, spricht auch für dich in deinen bittersüssen Lamentationen.

1.5

Solo Dio nur Gott in seinem Ursprung, seinem Zweck und seinem Ziel.

Wenn du dich Meiner erwärmst, kannst du dasselbe auch von Mir erwarten.

Ich will dir Meinen Sinn eröffnen an der grandiosen Welten-Prozedur.

Das Hinfällige sollst du meiden zugunsten einer tapferen Position.

Vorsintflutlich mutet an, was du im Schilde führst, vor Meinen vifen Götteraugen.

Bade dich in glückverheissenden, gottseligen Liebes-strömen.

Ich erlaube dir recht vieles, alles aber nicht.

Meine Dinge sind im Lot, aus Fortschritt und herzinnigem Erfahren.

Ich hege nur den einen Wunsch, bei Mir selbst zu sein in tief gefasstem Frieden.

Wer denkt wie Ich, wird niemals in die Irre gehn.

Die Konsequenz der Seins-Geschichte wird ein einziger Jubel sein.

Was immer Ich befördere, kennt keinen Kummer mehr.

Lobpreisen sei dein Ausdruck gegenüber Mir, im Seins-Gewissen.

Wolle nur das Eine und du Bist für alle Ewigkeit saniert.

Ich schulde Mir vollkommnes Über-Mich-Verfügen.

Alles, was sich Meinem Blick entzieht, ist illegal.

Folgst du Meinen Spuren, gehn dir laufend Freuden-lichter auf.

Mich kümmert ungemein, was in der Welt geschieht, besonders in der Deinen.

Worauf kannst du noch hoffen, wenn nicht auf Meine fabelhafte Solidarität.

Wegen Mir musst du dich nicht kasteien, nur gerecht sein an dem Weltenwohl.

Einmal haben alle Stürme sich verzogen und durch die Wolken bricht des reinen Lichtes Strahl.

Wo Ich als Retter dir erscheine, stellt sich wunderbare Ordnung ein.

Mein Manifest ist untilgbar an deine Herzenstür geschlagen, konsultiere es zu deinem Wohl.

Ich lasse alles stehn und liegen, um dir helfend beizustehn.

Nun gilt es aufzuräumen in dem Pool, den du dir selbst geschaffen, Meiner reinen Wasser wegen.

Barhaupt sollst du vor Mir stehn, um Meine Gnaden zu empfangen.

Willkür ist Mir fremd, indem Ich dich zur Weltenliebe küre

Was immer Ich erfinde ist berückend schön.

1.6

Hältst du Mich für einen, dem man keinen Glauben schenken kann, so muss Ich von dir noch viel schlimmeres befürchten.

Aus dir selber kannst du viel erreichen, mit Mir zusammen noch viel mehr.

Wie ist das möglich, dass du dich an fremde Fersen heftest, willst du wirklich Meiner Gunst entsagen?

Wie am Kalender reiss Ich Blatt um Blatt von deinem Leben, bis der Vorhang fällt vor dir.

Gewalt ist nicht am Platze, wenn es um Mich geht, aber liebevolle Anteilnahme.

Stets habe ich das Weisheitsbuch zur Hand, um dich bis zum Allerletzten zu belehren.

Ich versöhne alles mit Mir, was Mir so entgegenkommt, nur das Uneinsichtige lass Ich fahren.

Gib Mir die Hand, dass Ich aus ihr dein Schicksals Zentnerlasten lese.

Wie betrachte Ich dein Keimen? Als der beste Spekulant in deines Seins Revier.

Ich erhöhe dich weit mehr, als du denken kannst, wenn du Mich wirklich liebst.

Von dannen wird er kommen, steht geschrieben, doch in dir Ich Bin schon da.

Was immer du im Schilde führst, Ich führe dir was Vorteilhafteres entgegen.

Wenn die Wende kommt, wirst du selbander mit Mir fürbass gehn, oder ins Verderben springen.

Konstanz ist, was Ich bei dir oft vergebens suche, Flatterhaftigkeiten aber schon.

Achtung sollst du Mir erweisen, sonst trifft dich Meine Ächtung mittendrin.

Die Heraldik bringt die Wahrheit oft zutage, die hinter deinem Lächeln Wache steht.

Denkst du das Büsserhemd zu tragen, schicke Ich dir warme Socken zu.

Reich gesättigt sollst du sein mit Meinen Gaben, doch in deinem Unverstand verlangst du immer mehr.

Was schwärmst du von Erfüllung und Behagen, wo dein Stuhl bedenklich wackelt unter dir

Tonangebend Bin nur Ich und du hast dich darein zu fügen.

Was Ich bestreite kostet immer mehr, deine Leistung aber ist recht mager dran.

1.7

Ich Bin die Güte selbst, im Grund genommen, bitte folge Mir bedenkenlos.

Goldrichtig ist Mein Einfall in dein Wesen auf der Götterspur.

Ich trage Mich mit dem Gedanken, dich an Meiner Stelle an die Front zu schicken.

Willst du Mich nicht mehr verkennen, verkehre doch mit Mir in einem andren Ton.

Volle Schüsseln um dich her, und du zögerst schleunigst zuzugreifen, was ist denn mit dir los.

Von Mir kannst du so lange profitieren, wie die Sterne nachts am Himmel stehn.

Promovieren kannst du bei Mir auch, nur in längeren Semestern.

Bei Mir geht nichts verloren, auch wenn Ich ihm den Rücken kehr.

Mein Wille wächst im selben Mass, wie deiner resigniert.

Meine Weitsicht ist enorm, wenn es gilt, einem flüchtigen Hasen nachzuspüren.

Eine würdige Plattform schenk Ich dir, um dich vor aller Welt zu präsentieren.

Wie willst du lieben, wenn du Meine nicht im Herzen spürst.

Kraftvoll kannst du auf die Lebensbühne treten, wenn dich Meine Kräfte innig führen.

Unfehlbar willst du dich nennen, wo du noch so vieles zu verbergen hast.

Mein Wille zum Kreieren soll dir ein dezentes Vorbild sein für deine zierlichen Prosperitäten.

In feinen Strichen übergleite Ich die Fluren, wenn sie blühen sollen, herrlich vor sich hin.

Nichts ist hörbar in der Morgenstille als der Vogelsang im Grünen.

Trittst du leise auf, so kannst du Meine Lebens-Melodie verspüren.

Was immer Ich empfinde, soll dir dienstbar sein in deinem dich Begründen.

Niemals heisse Ich dich schweigen, wenn du reden willst, darum predigst du so viel.

Willst du, dass die Götter deine Taten preisen, verhalte dich wie sie.

Wer schenkt dir Licht und Liebe, wenn nicht Meines Hierseins Dominanz im Unergründlichen.

Hüte deine Lippen, dass sie nicht verlegen werden in der Tage Vorlauf und Manier.

Bist du beritten wird dein Pferdchen willig deiner Wege gehn, deinem Feingefühl gemäss.

Nur nicht so geschwind, die Hast verdirbt, was Ich in aller Ruhe angeschoben.

Bedenkenlos kannst du vor Mir bestehn, wenn deine Augen willig Meine Fährte suchen.

Ich erteile dir des Tags den Segen und des Nachts Mein Liebes-Ritual.

Was Ich mag, sollst du auch mögen wollen.

1.8
Meine Lebensfelder sind bestellt mit Köstlichkeiten wie mit weihevollen Ritualen.

Ich traktiere deine Ohren mit erhebenden Begriffen und Erläuterungen, die dich Mir entgegenbringen sollen.

Warme Weichheit lass Ich walten, wo die Härte zu obsiegen droht.

Ich betrachte dich als Einen, der da will und den es zu befördern gilt in seinen zielgerichteten Ambitionen.

Neue Wege zeige Ich dem Unermüdlichen, um endlich in Mein Geistreich zu gelangen.

Bilde dir nichts ein in deinen Unzulänglichkeiten, denn nur *Meine* Bildung zählt.

Das Hochgestochene kann Ich nicht leiden, was in die Tiefe geht jedoch von weitem schon.

Ich kraule Mir den Hals, derweil Ich die Entschiedenheit bedenke, dich in Meine Reihen aufzunehmen.

Zügig geht's bei Mir voran damit Meine Züge pünktlich an ihr Ziel gelangen.

Was unterstehst du dich Mein Weltenwirken blosszustellen als ungeschickte Mission.

Mein Manifest betrifft dich in besonderem Masse, weil es auf dich zugeschnitten ist, kunstvoll und entschieden.

Ich gehe mit dir um, wie sich's gehört, sofern du spuren willst in friedevollen Massen.

Tradition hat bei Mir alles, was tiefsinnige Geschichte produziert im Reich der Geisteskräfte über dir.

Mit schierer Lust am Leben wirst du fürbass gehn, sowie Mein Finger dich zur rechten Stelle führt.

Was Mich betrifft musst du gar nicht besorgt sein, um deine krassen Angelegenheiten aber schon.

Mindestens auf zehn muss Ich bei dir noch zählen, bis du begriffen hast, um was es bei Mir geht.

Im Grunde bist du frei, doch sollst du deine Freiheit brauchen, um Meines Seins Kapitel durchzugehn.

Mein Schwergewicht liegt auf den Niederungen, die dich noch umgeben, um sie tätig zu erhöhn.

Gewaltig sind die Stürme, die die Welt durchtosen, in Meiner Hemisphäre jedoch herrschen Glück und Ruh.

Von Niederungen keine Spur, wo *Ich* das Zepter führe, huldvoll und apart.

1.9

Erhebst du dich zu Mir, so hab Ich Mich schon längst zu dir enthoben.

Was dich immer stählt, kommt von Meiner Esse hergezogen.

Gehst du Meiner Länge nach, Bin Ich nach der Breite dir gewogen.

Womit Ich dich belehre, soll dir eine Fülle sein für`s ganze zauberhafte Leben.

Wie viele Kränze hab Ich schon für dich gewunden und du verschmähtest es, sie dir aufs Haupt zu setzen.

Viele Dinge fallen dir von Meiner Seite in den Schoss, du brauchst sie nur hinaufzuheben.

Mitnichten hat es sein Bewenden mit allem, was Ich schon für dich getan, Mein Vorrat ist noch grandios.

Dein Kleversein will Mir nicht munden, deine Geist-Ergebenheit hingegen schon.

Wofür Bin Ich gekommen: um dich behutsam zu Mir heimzuholen.

In Edelmut gehüllt steh Ich vor deiner Tür und erhoffe sehnlich dein Erscheinen.

Ich versuche sehnlich dich zu rühren mit erhabenen Gedanken für dein Seelenwohl.

Was du zu erwidern hast ist nur das Wörtchen „Ja", wenn Ich dich nach deinem Drang zu Mir befrage.

Was Ich in dir begründen will sind neue Arten Mich in dir zu sehn.

Wie kommst du nur zurecht mit Meinen Forderungen, die ein liebevoller Händedruck besiegelt.

Ich kläre und erkläre und du hinkst ständig hintennach.

Gesetzt der Fall, du willst dich bei Mir etablieren, hab Ich schon längst den Modus arrangiert.

Ich wende Mich an Millionen mit dem Wort: Seid mutig und gelassen im Verfolgen Meiner Spur.

Noch ist es für dich nicht zu spät, auf Meine Linie einzuschwenken für dein ultimates Seelenwohl.

Händel weiss Ich alleweil zu schlichten wo Ich leisen Schritts vorübergeh.

Wer erbarmt sich deiner, wenn du dich ziellos auf der Flucht befindest? Meines Herzens Animation.

Wem bist du mehr gewogen, deinem Stottern oder Meinem zielbewussten Schreiten in die Geisteshöhn.

Dein Wesen ist des Geistes Pracht und Herrlichkeit, erwirkt in vielen resoluten Generationen.

1.10
Willst du dem Zug zu Mir gehorchen, leg sogleich die Wanderschuhe an.

Ich knete Meine Gläubigen zu einem Teig von Ehrfurcht, Tapferkeit und Lebenssinn zusammen.

Deine Siege sind den Meinen schmählich unterlegen, weil die Meinen sich durch Universenweiten ziehn.

Geh in Gottes Namen still dahin, und freue dich auf's Überleben.

Viel dämonisches Gezischelr belauert deinen Weg zu Meinen götterlichten Weiten.

Was du Gehorsam nennst, ist erst ein flackernd Licht auf Meinem Hochaltar.

Mögen noch so viele deine Kunst verwerfen, Ich beschütze und erhalte sie.

Manche Mühe macht sich nicht bezahlt, die zu Mir hingegen wird wie pures Gold gewogen.

Eilig heben will Ich, was zu Boden ging, um es der Verschmutzung zu entziehn.

Friedefertig geh Ich durch die Lebensfelder, um sie ergiebig zu erhalten.

Nicht geheuer sind Mir deine Applikationen, also muss Ich Mich an Meine hocherhabnen halten.

Rette sich wird kann, ist nicht die Beste der Devisen, hingegen, rette was er kann, gehört zu Meinem Ideal.

Ich bringe Geist vom Geist zu dir mit allen innewohnenden Schikanen.

Weisst du mehr, so will Ich dich mit mehrerem belohnen.

Wie ein Segler gleite du durch Meinen Himmel Mir entgegen.

Was immer *Ich* berühre, trägt für alle Ewigkeit ein Mal davon.

Kritisieren ist so leicht, Harmonisieren und Erhalten jedoch wiegen tonnenschwer im göttlichen Gemüte.

Sybillen sind von Mir beauftragt götterherrliche Gewissheit zu verbreiten.

Ich lade alle dazu ein, Meine Lehre der Barmherzigkeit und Liebe zu beleben.

Über was sich schickt kann nur *Ich* ein Urteil fällen im geheimnisvollen Götterrat.

Wem Ich den Blankoscheck verteile, muss sich an die Gottgefälligkeit gebunden fühlen.

Im Hiebe Treiben bist du gross, im Wunden Heilen jedoch hinkst du noch bedenklich hintennach.

Wo Ebbe ist muss bald die Flut erfolgen, wo Mangel kommt sogleich Mein Überfluss daher.

1.11
Wie willst du dich vor Mir gebärden, wenn nicht willig und loyal, nach deinen Fähigkeiten.

Was ringelt sich um deinen Fuss, die Schlange, der Ich will den Kopf zertreten.

Deines Lebens Sinn will Ich vermehren unbedingt zu deinem Wohl.

Was immer glaubhaft ist, will Ich dir vors Gewissen tragen, deines stillen Fortschritts wegen.

Ich lege dich in Meinen milden Bann, damit du aufwachst, Mir zu Diensten.

Verehren will Ich, was du Bist, im Zuge Meiner Frömmigkeiten.

Je nachdem wie du dich aufführst gegenüber Mir, kann Ich dir Strafe oder Lohn gewähren.

Alles hängte mit dem zusammen, was Ich weltweit Bin, dich inbegriffen auf des Daseins Spuren.

Kommst du zu Mir, will Ich dich erst einmal gesund und koscher pflegen.

Im Rat der Götter hab Ich dich erwähnt als ein Genosse hoher Qualität, Genügsamkeit und Energie.

Was dich immer plagt, wird, wie du's wünschest, von Mir fortgetragen.

Nach allem, was Ich von dir weiss, ist es Mir sehr daran gelegen, dir zuinnerst beizustehn.

Mir mangelt nichts, darfst du dir sagen sowie du Mich in dir gewahrst.

Ich sende aus und alles muss, gebürstet und geschniegelt zu Mir wiederkehren.

Dir bangt um deinen Ruf sowie du Mich von Ferne siehst im Geisteswachen.

Was möchtest du am liebsten sein, wenn nicht von Mir angenommen und aufs trefflichste belohnt.

Wo liegen deine Grenzen, Ich verfolge und entferne sie.

Trösten will Ich dich in deinen Unbeholfenheiten, damit du Meiner dich erinnerst unfehlbar.

Ich versiegle dir den Mund, damit Ich leis ermahnend zu dir sprechen kann.

Eine Fehlgeburt wird es bei Mir nie geben, weil Ich stets dabei bin im gesegneten All Hier.

1.12

Wie kostest du, wenn dir die Zunge zum Versuchen fehlt? Mit köstlichen Gedanken.

Je mehr du in dich gehst, wirst du dich ausser dir empfinden.

Bewahrst du dich im Guten, kennst du keinen Kummer mehr.

Was verbindet dich mit Mir? Die Innigkeit des Herzens in der Liebestat.

Was wird dir letztlich scheinen? Meiner Lebenssonne lichter Strahl.

Aufgeschlossen Bin Ich immer für die Mutigen, die alles für Mich wagen.

Entlassen in die Freiheit des Entscheidens triffst du doch am besten Meine Wahl.

Ruchlos wirst du nimmer sein, nachdem du Meinen Liebesweg gefunden.

Was immer Ich befehle, geschieht in friedevollem Ton.

Ich lasse sein, woran Ich keinen Anteil habe, du mischest dich in alles ein.

Wem immer du vertraust, wird auch ein offenes Gemüte für dich haben.

Was bei Mir bindend ist, sollst auch du nicht allzu locker nehmen.

Ich stosse an und will es heiter für uns haben.

Kehrst du um, so kann es für dich nur noch eine Richtung geben.

Im Geheimen wirke Ich schon lang an dir, nun soll es auch noch offensichtlich werden.

Freilich schenkst du ein, doch solls, wenn möglich, eine Schenkung sein.

Wer dich vor argem Leid bewahrt, Bin Ich, zuweilen auch mit Sanktionen.

Möglich ist gar vieles, doch nur eines kann für Mich so richtig ziehn.

Was immer dich erbaut, ist in Gottes Rat beschlossen.

Kyrie eleison soll dein Credo sein in allen Lebenslagen.

Bist du flüchtig, hole Ich dich ein, um dich mit Mir herzinnig zu versöhnen.

Deine Stärke ist in Meinem Sein begründet und beherrscht dich immer mehr.

Was tust du denn den lieben langen Tag, Ich will dir deine Flausen schon vertreiben.

Fühlst du dich rein, so gibt's bei Mir noch aberviel zu klären.

Von Meiner Hand sollst du dich allezeit behütet und begütet fühlen.

Eine kleine Weile noch und du wirst dich zu Mir bekennen ohne jede Not.

1.13

Wo findest du die Ruh? In Meinem Lichte, Wandrer du.

Willst du dich auf Mich bescheiden, scheide dich von aller Unvernunft in deines Lebens Stil.

Wer kann deine Schritte inniger behüten als der Herr, in deines Geistes Signatur.

Ich Bin dir doch so nah, zu innigem Begreifen.

Wo schaut dein Geistes Auge hin? Allein auf Mich, den All-Begründer und sein Ziel.

Die Hände heben sollst du zum erschütternden Gebet um Gnade und Erlösung.

Was Ich von dir kenne, sind alle deine Taten weg und hin zu Mir.

Wo wahre Gründe sind, ist auch der Urgrund aufzufinden.

Alles, was Bedeutung hat, kommt dir aus Meinem makellosen Sein entgegen.

In vielem bist du noch naiv, wo *Ich* dich zu den Sternen rief.

Geliebte Seele sei Mir doch gewogen ohne jedes Gaukelspiel.

Aufgepasst, es schränken dich soviel Intrigen ein, dass nur *Ich* von ihnen dich erlösen kann.

Ein knappes Ja ist besser als ein sattes Nein in deinem über dich Verfügen.

Wie fällt dein Urteil aus, wenn Ich dich so befrage? Mir entgegen oder dir?

Leichthin lenke Ich den Blick zu deinen Gütern und erschrecke, wie verwahrlost sie geworden sind.

Was bringt dir Trost, wenn nicht Mein erstes wie Mein letztes Wort im Seinsverfügen.

Glückselig darfst du sein in dem der Ist in wunderbarem Seins-Genügen.

Wer hat Heimstatt in dir und Relieve bezogen? Ich in aller Unschuld und Gewähr.

Trautes Sein ist alleweil vonnöten, aber nur in Mir und Meinem Glanze nicht von hier.

Wie Bin Ich konsterniert ob deinem Ungenügen, schau doch bitte tüchtig in dir nach.

Was dein Sein betrifft, versuche Ich nur wohlgefälliges von ihm zu sagen.

Meine Bitte geht dahin, dich zur Liebe zum Unendlichen zu bewegen.

Zuerst das Nichts und dann das Sein in allem, was Ich liebevoll durchströme.

Wirf alle deine Wendungen und Auserlesenheiten freudig auf Mein Ziel; In Meine Liebe sollst du tauchen.

1.14

Wer kommandiert muss auch die Stimme dafür haben, der nicht widersprochen werden kann.

Willst du über Wassern schweben, mach es Meinem Geistes-Wesen nach.

Unter Meinem Regime gibt es nur zu seufzen, wenn man es nicht recht versteht.

Blanken Fusses durch die heisse Wüste gehn, ist nicht eben angenehm, doch zieht dann die Oase umso mehr.

Was bildest du dir ein, mir Lehren zu erteilen, wo dir noch so viele nötig sind.

Ich verlange nichts als Wachheit über Meinen Schriften.

Mit leisem Weh verfolge Ich die Meinen, wenn sie in die Irre gehn.

Gerade was *Ich* denke, denkst auch du, wenn du nur die Stille kostest, die Ich dir beschere.

Nicht verdriesslich sollst du in die Riemen fahren, sonst verdirbst du den gesammelten Elan.

Vor den Kopf willst du dich stossen, unbedenklich, folgenschwer?

Unnütz ist das Aufbegehren, neue Ziele müssen trotzdem her.

Vieles scheint wie auf dich zugeschnitten, doch du achtest seiner nicht und trottelst quer.

Beide Seiten sollst du liebevoll gewahren, damit du nichts Ungebührliches riskierst.

Gebratne Felchen munden nur, wenn ehrenhaft erworben sind.

Bei wem bist du wieder abgestiegen, ohne dass Ich's hätte wissen dürfen?

Was vergrault dir deine Tage? Nur das Unverständnis am Geschehn.

Ich schlittere in nichts hinein, du aber kannst dich noch zu wenig halten.

Deine Sprache kann Ich nicht verstehn, weil sie so gewunden ist um deine liederlichen Taten.

Kurz und gut, nicht länger will Ich deine Ruhe stören, schlaf nur zu.

Auf der Wacht geschieht gar viel, was ungehörig ist am hellen Tage.

Was du leistest, kommt dem Meinen merklich nah.

Sogar die Bienen sind im Allgemeinen fleissiger als du.

Der Bescheidene braucht seine Taten nicht vors Haus zu tragen.

Mit welchem Recht gehst du hinein, wo's draussen noch so viel zu werken gäbe.

Kannst du singen singe seelenvoll Mein Lob.

1.15

Wer steckt dahinter, wenn es brennt, wird jeder fragen, nur nicht der der's ist.

Tollpatschig ging er einst einher, doch nachdem Ich ihn befruchtet hatte, nimmermehr.

Wie viel Hüte willst du Mir noch reichen, wo Ich keines mehr bedarf.

Bei Gelegenheit sollst du die Haare schneiden lassen, ihre Länge macht dich schwer.

Was verwittert ist, ist meist nicht mehr zu brauchen, aber deine Stiefel schon.

War es klug, dich bis hieher zu führen? Jetzt bist du ein feiner Herr.

Wem willst du ein gutes Beispiel sein, wenn nicht dir und deinen Lieben.

Willst du spontan sein, öffne dich dem Sein mit allen deinen Fibern.

Willst dich verändern, schau dir Meine Botschaft an aus unermessnen Fernen.

So leichthin kannst du Mir nicht in die Karten schauen, in deine aber schau Ich lange schon.

Brich über niemand deinen Stab, es könnte auch dich selber brechen.

Majoritäten neigen dazu, sich ungehörig zu benehmen, gehöre bitte nicht dazu.

In kleinen Dosen appliziert kann Mein Heiltropf Wunder wirken.

Bist du der, so Bin Ich Jener dich zu fördern für und für.

Wie kannst du nur so heftig sein vor Meinen weisheitsvollen Augen.

Auf banale Fragen habe Ich nicht das Geringste zu erwidern.

Die sich auf der Götter-Spur befinden sind schon zu bewundern von den Andersartigen.

Für dies Mal will Ich dir verzeihen, aber immer wird das nicht so glimpflich gehn.

Was bleibt für dich schlussends zu tun, nachdem Ich deine Wesens-Welt gereinigt habe.

Ganz im Stillen hab Ich dich doch gern, trotz den vielen Unzulänglichkeiten.

Mit wieviel Charme muss Ich dich noch versehn, bis du allgemein gefällig bist im Welt-Erscheinen.

Von früh bis spät bist du gehörig auf den Beinen, aber dann gehörst du Mir.

Willst du glänzen, lass viel pures Gold von deinen Ohren hängen.

Was umstritten ist soll dich nimmer zur Partei verführen.

Du kennst Mich noch zu wenig, um von Du zu Du mit Mir zu reden.

Brav sein heisst in Meinen Augen tüchtig zuzugreifen wo's die Nöte wollen.

Wanke nicht, dann kommst du sicher an dein Ziel.

1.16

Mein Einsatz ist enorm für eine Welt voll schimmernder Gemüter deren freudiges Erwachen kurz bevorsteht.

Ich empfehle Mich bei allem, was da harzt, die Hemmung zu beheben.

Frisch aufgelegt kann vieles in die neue Zeit gerettet werden, was sonst schmählich untergeht.

Ich sehe es als ausgemacht, dass einmal alle Menschen Wege zu Mir führen.

Bist du deines Glückes Schmied, so lass doch endlich Freudenfunken sprühn.

Dein Tanz ums Goldene hindert dich daran, dich Mir vollkommen hinzugeben.

Merkst du dir Mein Ziel, gehst du geradewegs ins Geistesglück hinein.

In Meinem Lichte wandeln heisst: den Lebenssinn erfasst und ausgeführt zu haben.

Ich beschränke Mich auf dies und das ohne im geringsten Mich zu kränken.

Meine Häute sind schon längst ins Trockene gebracht, derweil deine noch vor Nässe triefen.

Was Ich vermelde geht auch dich gewaltig an in deinen Unentschlossenheiten.

Was immer du erwägst muss letztlich auch von Mir erwogen werden.

Bekannt sein ist recht schön, aber im Geheimen sachgerecht zu wirken noch viel mehr.

Ich kann Mich richten nach den Sternen, und du musst dich mit deinem Nasenbein begnügen.

Willst du Bedeutendes von Mir vernehmen, pirsche dich galant an Mich heran.

Entfalte einen Scharfsinn sonderlicher Art für Wünsche, die aus Meiner Richtung zu dir strömen.

Ich liebe es, bei Nacht und Nebel deinem Dunkel Lichter zuzutragen.

Lass deinen Glauben nicht allein, sondern wisse wie es um dich steht durch Meine Inspirationen.

Ich händige dir Zettel aus, um dich darauf zu warnen vor dem schieren Schlendrian.

Meiner Kürze wegen machst du lange Augen, nachdem Ich leis an dir vorüberging.

Willst du sicher sein, so warte nicht auf Meinen Wink sondern geh sogleich hinein.

Zum Erbarmen ist`s zu sehn, wie viele noch an ihrem eignen Zipfel hangen, statt bei Mir in Deckung und Befriedigung zu gehn.

Zuerst war`s wenig, doch inzwischen ist es Mir beinah zu viel geworden.

2

Mit mächtigem Getöse

2.1

Bist du bereit im Sinn der Götterwelten zu agieren, stell Ich dir dazu den Freipass aus.

Was kann dir mehr gelegen kommen als Mein Einfluss in dein Seinssystem.

Was hält dich wach, wenn nicht das ständige Gemurmel Meiner Seinsgedanken deinen zu.

Mit mächtigem Getöse pflegt die Welt dich zu umbranden, Mir genügt's dir hin und wieder einen leisen Wink zu geben.

Seitdem Ich dich herzinnig kontrolliere, kommst du mehr vom Fleck als je zuvor.

Ich beglaubige mit jedem Wort, was Ich dir mitten auf den Weg gegeben, deiner Seinsvollendung zu.

Bist du nicht bei Trost, dich über Meine Weisung aufzuregen, wo sie doch zu deiner Fülle beiträgt in den höchsten Sphären.

Waschecht will Ich dein Gefieder sehn für deine mannigfachen Himmelsflüge.

Mir muss keiner mit Entschuldigungen kommen für sein ängstliches Versagen, wo *Ich* ihm doch schon längst verziehen habe.

Es gibt ein Spektrum, das da heisst: Alles oder nichts, da hast du unentwegt zu wählen.

Wo *Ich* den Zug rangiere, kann kein Zusammenstoss geschehn.

Meine Blüte geht Mir nie vorüber, wo die deine längst verblichen ist im Seinsquartier.

Von Wirkung keine Spur sind deine öffentlichen Reden, Mir jedoch gelingt einjede mächtigen Aufruhr zu bereiten.

Was in Meinem Falle immer mitschwingt sind der leise Unterton von Liebe und allherrlicher Gewähr.

Was immer du erwägst im langen Hin und Her, ist bei Mir schon längst aufs Trefflichste entschieden.

Energisch sollst du vorgehn mit dem Wissen um Mein veritables Sein im Hintergrunde.

Insolvenz ist eine schlimme Sache, Impotenz jedoch bedeutend mehr.

Paracelsus hatte viele Gönner, weil er selber viel vergab.

Mutwillig sollst du nicht durchs Leben gehn, aber willig, Mut zu zeigen.

Du wirst in jedem Falle siegen, wenn du spürst wie *Ich* dein Schwertlein führe.

Viel Lärm um nichts kann behagt Mir nicht, die Stille vor dem Herrn der Welten aber schon.

Was du in Mir verehrst, mag noch so ferne scheinen, es ist dir trotzdem innig nah.

Mein Heil in dir und deinem Selbstgenügen.

2.2

Du bist ein Stück von Meinem Wesen und stellst es wunderbarerweise dar.

Das muss sich in Bescheidenheit manifestieren, was Ich bedeutendes an dir getan.

Für alle ist genug vorhanden, nur muss es seinsgerecht verteilt und dargeboten werden.

Meine Güte ist allüberall zu spüren, wo Ich als ein Geisteshauch vorüberging.

Ich schliesse auf, wo immer Ich versperrtes finde, und schenke Freiheit den Verfehmten.

Woran *Ich* Mein Gefallen finde, sollst auch du dich freuen können, herzensfroh.

Ich hatte Mich ein wenig im Abseits verloren, nun weiss Ich, dass Ich wieder vollends in der Mitte Bin.

Die Welt zu trösten, ging Ich aus und kehrte wunderbar getröstet wieder.

Die Freude zu verbreiten, walle Ich bewusst einher und lasse Frieden in die Menschenherzen strömen.

Wo zieht es dich denn hin, wenn nicht in Meinem Sinn und Geist nach oben.

Ich willfahre jeder deiner Bitten, wenn sie nur gerecht ist an des Lebens Sinngedicht und Kür.

Meine Weide ist unendlich gross für alle, die sie friedevoll besuchen.

Im Grund genommen gibt's kein gröss`res Übel als Mir fern zu sein im Unverwirklichten.

Philanthropisch sein kann nur der Seinsgerechte auf des Gottes reinen Spuren.

Du schreitest stehts voran, auch wenn dir mancher Rückschritt deine Reise noch verzögert.

Ich hab dir manches aufgespart, um dich damit zur rechten Zeit unendlich zu erlaben.

Baden sollst du dich im Fluss der Zeiten und rein daraus hervorgehn Meinem Reich entgegen.

Ich wünsche nicht dich zu verwünschen, aber dich zu stählen für Mein Götterheer.

Wirklich brauchbar für Mich bist du erst, wenn du Mir unbedingt zur weiteren Verfügung stehst.

Ich halte fest, was dich verderben könnte und lasse Wunderbares in dich fahren.

Wirklich konsequent sein kann nur Ich, im Lichte Meines Seinsgebarens.

Von wieviel Dingen spricht der Herr, die du noch kaum begreifen kannst in deiner Umschau im Gedankenmeer.

Was immer Ich beflügle langt unverzüglich bei Mir an.

Du gehörst bestimmt zu dem was Meiner Wert ist im unendlichen Begreifen.

Gott zu finden ist dein himmlisch Los.

2.3

Deutlicher kann Ich nicht sein, als ständig mit dem Zaunpfahl winken.

Das Ergebnis Meiner Suche ist noch längst nicht optimal, doch wird es sich schon finden.

Verfolgst du deine Lieblingsziele mit Bedacht bis sie so richtig laufen?

Meinetwegen magst du jetzt einwenig ruhn, dann aber geht's mit frischem Mute weiter.

Wieviele Meiner Worte müssen noch in dein Gemüte fahren, bis du nur eins davon erhörst.

Es liegt ein Glanz auf deinen Zügen, der nur als Abglanz von dem Meinen gelten kann.

Im Kleinen wie im Grossen Bin Ich dir herzinnig nah, um dich zu Mir hinaufzuheben.

Ich verschaffe dir Gelegenheiten noch und noch dich zu bewähren, du aber träumst dem längst Vergangnen nach.

Was dich festigt, ist Mein Ruf an dich, konstant zu sein und gottergeben.

Was *Ich* einmal gebilligt habe, gilt für alle Zeit im Gottesreich von hunderttausend Gnaden.

Trete vor und gib dich zu erkennen als ein Kind und Kindeskind von Mir.

Der Wahrhaftige traut sich Enormes zu in Sachen Kampfgeist und Verwegenheit zum Siegen.

Muterfüllter Glaube sei der Slogan der dich schliesslich sicher zu Mir führt.

Was strebst du an, wenn nicht das In-Mir-selig-Sein in vollen Zügen.

Was immer du mit Mir verhandelst, treibt deine Sache liebevoll voran ins Unermessliche.

Liebst du Karpfen, so serviere Ich dir einen heut zum Abendbrot.

Halte dich bedeckt, damit du nicht vom ersten besten Räuber ausgeplündert wirst.

Trübe Tage sind am besten zu ertragen, wenn du in ihnen fischen gehst.

Fehlt das Mehl in deinen Schalen wird es auch dem Brot nicht besser gehn.

Worauf du bei Mir zählen kannst, ist alles nur Erdenkliche, um dich ins Weltenlicht zu führen.

Bei Gott, Ich warne dich vor so viel lauernden Gefahren und du tappst trotzdem keck hinein im Übermut der Zeiten.

Schaffst du`s dir einen Nimbus anzuschaffen, Bin Ich gerne mit dabei aus Wesensgründen.

Rein und lauter muss dein Seinsverlangen sein, damit du es erreichst in kunterbunten Tagen.

Gehst du aus, so lass dich von Mir willig zu den Geistesquellen führen.

Spürst du das Feuer der Begeisterung am Sein und Leben, das ich ständig in dir schüre?

2.4

Bist du durch Meinen Einfluss so geworden, so wirst du es auch künftig sein, gespickt mit deinen Kapriolen.

Wohl bewandert in den Bergen, wirst du's auch im Flachland sein unter Meinen Götteraugen.

Mit dir einig, aber niemals quitt.

Ein Bündnis Bin Ich mit dir eingegangen, ewiglich um dich besorgt zu sein im Aufwall deiner Meistertaten.

Dienstbeflissen schlenderst du vor Meinem Antlitz hin und her und erhoffst dir einen überirdischen Befehl.

Drängt dich die Liebe zur Tat, so ist sie immer wohlgetan.

Besinnst du dich, auf was du Bist, kann Ich dir zur Gottseligkeit verhelfen.

Wie geplant kann nur Vernünftiges geschehn, es sei denn Meinem Sinn entsprungen.

Das Manifest unendlichen Gelingens ist auch dir verliehen worden dazumal.

Den Geist des Friedens will Ich in dich pflanzen, folgenschwer.

Ununterbrochen hege Ich die Absicht, das Geschaffne Meinen Höhen zuzuführen.

Wer Mich verkennt wird schwerlich etwas Besseres finden.

Mein Merkmal ist die Zungenfertigkeit, mit der Ich seit Äonen operiere.

Dass du's nur weißt: Ich Bin gefeit vor allen Übeln auch in dir.

Unverhehlt gesteh Ich dir, wie sehr Mein Denken sich auf dich bezieht im All-Gefüge.

Nur in Meinen Rahmen ist das Leben glückerfüllt und wunderschön.

Jede deiner Fahrten kann zu einer Überfahrt gedeihen hin zu Mir.

Zwänge lass Ich nimmer gelten zwischen dir und Mir im Unergründlichen.

Ein Licht in deinem Wissen ein Schatz in deinem Feld, um nichts mehr zu vermissen, was dir wohlgefällt.

Meine Geisteswerte haben es in sich, Welten zu ertragen.

An Laune fehlt es dir beileibe nicht, doch muss sie gut sein, um Mein Bild herumzutragen.

Die Freude am Geschehn lässt die Seele Jubel tanzen.

Wie gelangst du rasch ans Ziel? Durch eine Reihe auserlesener Gedanken.

Lichte Heiterkeit durchweht die Seele, wenn sie Meine Nähe spürt.

Dein festliches Gemüt vermag die Welt von Grund auf zu verändern.

Welche Feinheit führt das Leben Meinem zu in der Geselligkeit der staunenden Gemüter.

2.5

Wo setzest du dich hin, wenn keine Stühle mehr vorhanden sind? In den Schoss der Gottheit, der Ich Bin in dir.

In die Weite willst du wandern, ohne zu bedenken, dass Ich dabei dein Begleiter Bin.

Riesenkräfte sind es, die die Erde an die Sonne binden, dass sie nicht ins All entflieht.

Mit Bezug auf dich sind bei Mir noch viele Pläne offen, von erheblichem Bedeuten.

Was Ich ins Licht verwandle, bist auch du in wunderbar beglückender Manie.

Ich bilde dich in einem fort, ohne dass du's inne wirst in deinem Rasen.

Mit Fetischen umgibst du dich, statt auf Meinen Unkenruf zu hören.

Meine Liebe lass ich walten überall wo sich die Herzen öffnen hoffnungsvoll, elementar.

Eine Meerschaumpfeife lass Ich für dich liegen, damit du an ihr nippst, um Meinen Geist herbeizurufen.

Willige Momente gibt es für dich schon, du musst sie auf rechte Art gebrauchen.

Du bist so sehr mit Mir verbunden, dass du Mich in deinem Herzen flüstern hörst.

Behutsam pflege Ich die Lebensdinge anzugehn, damit sich keine Brüche bilden.

Das Fürstliche lass ich beiseite, wenn Ich Mich dir nah` und trete wie ein Bettler auf in deinen Breitengraden.

Spontan erkläre Ich dir Meine Absicht bei dem vielen, das Ich dir tagein tagaus bescher.

Mein Mut ist heiss, um deinen zeitig abzukühlen.

Wenn es ernst wird, kann Ich auch mit schicksalhafter Deutlichkeit vor deine Seele treten.

Mehr verlangen will Ich nicht von dir, als, was du fähig bist, von Fall zu Fall zu leisten.

Ich delegiere Meine Devoirs mit grosser Umsicht, um ihr hehres Ziel nicht zu verfehlen.

Imposante Stelen stelle Ich an deinen Weg, um dich an deine Lebenspflichten zu erinnern.

Dein Bedarf an Unterweisung ist beträchtlich, doch du glaubst es nie.

Womit Ich dich belehre, führt dich in Mein Geist-Revier und ins holdselige Befrieden.

Wir sind zutiefst vereint sowie wir auch dasselbe meinen.

2.6

Nichts mute Ich dir zu, was Ich nicht selber ausgebadet habe.

Des Langen und des Breiten will Ich dir die Welt erklären, doch du willst es besser wissen und winkst ab.

Kraftvoll läute Ich die Glocken, um dich in Mein Haus zu laden, doch du hast anderes zu tun.

Aus Liebe lass Ich Mich herbei, als Retter aufzutreten, doch du weisst nicht einmal, um was es geht.

Wie mit Ringen bist du festgebunden, doch Ich sprenge sie.

Was immer Ich verlauten lasse, ist die pure Wahrheit über Meines Reiches Spiel.

Wo es stetig steil hinangeht, Bin auch Ich zu finden.

Ach du Meine Güte, rufst du aus und vergissest, dich in Mir zu fassen.

Das Vife hat bei Mir den Vorrang vor dem dumpfen Denkgewühl.

So wie Ich erhöht Bin, wirst auch du in Meinem Reiche sein der tausend Wohlgefälligkeiten.

Deine Rechte sind enorm, du musst sie nur bewusst in Anspruch nehmen.

Wort des Herrn am hellen Tage, dir zur Freude und Regie.

Dein soziales Umfeld prägt dein Wesen unfehlbar, Meiner Absicht wunderbar entgegen.

Ich webe dir das Kleid der Hoffnung auf viel mehr, bitte zieh es sogleich an.

Deine Reise geht auf jeden Fall hinan, in himmlische Gefilde.

Glanz von Meinem Glanze darfst du spüren, wenn es dir gelingt, vor Mir devot zu sein.

Im Grund genommen geht es stets um kosmisches Taktieren für dein ultimates Wohl.

In der Sonne findest du Mein Bild von Tag zu Tagen.

Auferstehung feiern will Ich auch mit dir in reif gewordnen Zeiten.

Bist du scheu, so scheu dich trotzdem nicht bei Mir um Rat zu fragen.

Meine Milde ist Legion, wenn es darum geht, Meinem Reiche neue Bürger zuzuführen.

Querulanten sind meist unbeliebt, doch sind auch sie an Meinem Tisch geladen.

Was du irgendwo verloren hast, gewinnst du in Mir freudestrahlend wieder.

Deine Wege sind die Meinen nach des Gottes reinem Stil.

Aufgepasst Ich komme in des Lichts Fanal.

2.7
Was Ich einmal genehmigt habe, trägt den Stempel ewigen Gelingens.

In *Meinen* Kreisen lässt sich besser sein, als in allen anderen.

Beschauung heisst Erkenntnis deiner selbst im Unvermitelbaren.

Auf Biegen und Brechen sollst du nicht durchs Leben gehen, sondern mit der Gottesliebe und Geduld im Herzen.

Was aus Mir leuchtet brennt sich allgemach in deine Seele ein.

Dein Verhalten hängt von Meinem Weistum ab in deinen Seelengründen.

Was sprudelt hervor wie eine Quelle, Mein Wort schon in der Morgenfrüh.

Die Erkenntnis, dass du Bist soll dich in Meine Weiten führen.

Freilich Bin Ich, aber du Bist auch im kosmischen Betrieb.

Möchtegerne tun Mir leid, weil die Wenigsten ihr Ziel erreichen.

Mit Glanz und Glorie ist noch nichts getan, aber mit des Herzens edelmütigen Betragen.

Ich trete auf als mustergültiger Monarch und du darfst Meine Schleppe tragen.

Was dich erhellt sind Meine Zähren um dein Wohl.

Was immer du verdorben hast, muss schleunigst von Mir ausgebessert werden.

Was setzest du daran, wenn *Ich* es von dir wünsche? Aberviel.

Was steigert deinen Wert, wenn nicht Mein Wort im Unsichtbaren.

Ich brauche kaum zu husten und schon drippelst du heran.

Mein Befehl gilt allen, die noch stramm zu stehen wissen.

Meine Klasse findet nicht so bald ein Ebenbild im Unerhörten.

Willst du Spass am Leben, spasse bitte nicht mit Mir.

Das Trügerische mag Ich nimmer leiden, hingegen dein Bekenntnis zu Wahrhaftigkeit verdient gerechten Lohn.

Ich spanne ein, derweil du ausspannst ohne jegliches Begründen.

Mit wem du auch verkehrst, Ich will es alleweil auf Meine Seit ekehren.

Deinem Stil gemäss versuche Ich, dich zu Mir hinzuführen.

Was zeigst du vor, wenn Ich dich nach deinem Wert befrage.

Dein Status scheint stabil, derweil er vor Mir noch bedenklich wackelt.

Was immer du erträgst, kommt deinem Ruf bei Mir zugute.

Ich ebne deine Wege, komm geschwind zu Mir und Meinem sagenhaften Wohlgefallen.

2.8

An Mir vorbei gehrt nichts, ohne dass Ich es gebührend inspiziere.

Ich räume auf, wo Unrat dich verdross und sorge für perfekte Reinheit wieder.

Fährst du so fort mit deinen Mucken, musst du dich weiterhin gewaltig vor Mir ducken.

Du magst viel Wissen in dir tragen, aber eines nicht: Wer du in Tat und Wahrheit Bist.

Gottes Minne sollst du in dir pflegen zu deinem wie zu aller Wohl.

Gehörst du auch zu denen, die zu ihrer Heilung gar nichts tun? Dann eile, dich zu ändern.

Wie Schuppen wird's von deinen Augen fallen, wenn du Mich zum erstenmal in dir erkennst.

Was hast du neulich für die Welt getan? Nicht gerade viel vor Meinen Augen.

Wer schleicht sich da an dich heran, der Verführer mit der Tasche seiner Raffinessen.

Stellt es dir ab, so stelle Ich dir`s auf der Stelle wieder an.

Gott behüte dich, will Ich noch sagen und herzinnig: Nimm es bitte an.

Ich kreiere Wahrheit, Willst du sie auch schleunigst akzeptieren?

Was Ich für dich tun kann, ist schon längst vergeben. Ob es wohl vergebens war?

Wo die Sonne strahlt, ist auch Mein Liebeslicht zu finden.

Das Arrogante kann nur schlechte Früchte tragen, das Liebevolle aber bringt veredeltes hervor.

Ermanne dich so aufzutreten, dass kein Argwohn dich beseelt vor Nichtigkeiten.

Bist du bereit, viel zu ertragen, lade Ich dir alles auf.

Nach Meiner Eigenart kann Ich Mich auch verspielen, deinem Spieltrieb zu.

Ein weises Muster leg ich vor dich hin, du brauchst es nur zu integrieren.

Ich gelobe dir die Treue eines Gottes, wenn du nur dir selber treu bist, Meiner zu.

Gewisse Dinge sollst du nicht mehr auf dir liegen lassen, gib sie Mir.

Ich warne dich vor allen Unzulänglichkeiten, die dir gegenüber stehn, wende dich von ihnen ab, zu Mir.

Auf Mein Geheiss sollst du versuchen, weiser als bisher und zuverlässiger zu sein.

2.9

In Meinem Milieu sind alle Dinge zauberhaft und grandios.

Gottseligkeit verleiht Mir Flügel von der Art der Wissenden im Götter-Paradies.

Das Wirkliche ist immer auch das Göttliche in Meinen Dispositionen.

Begreifst du deine Lage, wenn Ich sage, sie ist ganz in Mir.

Wie aus Erz gegossen steh Ich da, wenn's darum geht Beständigkeit zu zeigen.

Ich geb dir etwas vor und du sollst es in Meinem Sinn vollenden.

Wenn's um Mich geht, sollst du alles stehn und liegen lassen.

In Meinem Glanze wird die Welt erst wahrhaft schön.

In Meiner Liebewärme löst sich aller Hochmut auf.

In bestem Sinne rühr Ich dich von innen an.

Mir ein Fest bereiten heisst für dich, auf derselben Stufe mit Mir stehn.

Was immer Ich in Händen halte, nimmt den Glanz der Gottheit an.

Im Himmelslichte schauen sich die vifen Geister selber an.

Ich seh die Scherben, die ein Bruch im Kosmos hinterlässt unter Meinen Füssen.

Eine Antwort will Ich von dir haben auf die Frage, wer du Bist.

Mein Geschiebe ist Geröll vom Besten, was ein Flussbett bergen kann.

Klarheit will Ich schaffen zwischen dir und Mir im übersinnlichen Gefüge.

Eine Analyse deiner Werte zeigt Mir, dass da viele noch im Argen liegen.

Mit besondrer Vorsicht eile du dem Westen zu, denn er könnte deinen Untergang bedeuten.

Im Bann der Welt versäumst du vieles, was Ich dir zum Besten vor die Füsse lege.

Was möchtest du erreichen, ist die Frage, und du erwartest ständig einen Link von Mir.

Komm mir nicht mit Zahlen, wenn es darum geht, Gefühle zu bewerten.

Meine Leidenschaft ist bald beschrieben mit der Seelenjagd im irdischen Getriebe.

Möchtest du, sei dir bewusst, dass du wollen sollst in Meinem Namen.

Wie willst du unterscheiden zwischen dir und Mir, wo keiner ist.

Ich halte dich für klug genug, um Mich in etwa zu begreifen.

Barbarei passt nicht zu Mir, wo alles Güte ist, Vertrauen und Entsagen.

Was Ich Mir erwünsche, ist, dass du stufenweis um Meine Höhen dich bemühst.

Wer hätte das gedacht, dass du noch so naiv bist, anderen als Mir zu trauen.

2.10

Was ist dein Gottes-Ideal, wenn nicht das Bild von Licht und Kraft und überirdischem Erlösen.

Deine Liebe gilt dem Schlaf, derweil die Meine Wachsamkeit, Gelassenheit und wirkungsvolle Offenheit verstrahlt.

Ich mache Station bei dir, wann immer du es wünschest,

Ich darf wohl darauf bestehn, dass du dich mauserst und dein Leben schicklicher im Zügel hältst als wie zuvor.

Ich erhebe dich zu Mir ins Wolkenkuckucksheim, wo sich alle Dinge dankbar finden.

Zähme deinen Übermut und lass dich von Mir zur Glückseligkeit verführen.

Willst du beständig sein, so poche auf Erfüllung Meiner Visionen.

Bei guter Führung kannst du Mich für dich gewinnen, greif doch bitte zu.

Das Wandelbare treibt die schönsten Blüten, wenn du es mit Mir vollziehst.

Ich beglücke jeden, der sich Meiner Schwelle nähert, ohne nach dem Lohn dafür zu fragen.

Wie eh und je Bin Ich dir aufs äusserste gewogen, wenn du's nur spüren wolltest im empfänglichen Gemüt.

Soll Ich bei dir bleiben, schliess Mich in dein Herz voll Liebe ein.

Deine Hilfe ist im Herrn nach deinem abergründigen Erwarten.

Weihe dich der Tugend der Barmherzigkeit und gerade du wirst sie zuallererst von Mir erlangen.

Im siebten Himmel wirst du sein nach Meiner Fürsprach über ihm.

Das Monstruöse hat nicht viel am Hut, dem Gelinden jedoch kannst du voll vertrauen.

Dein Leben ist ein grandioses Vorbereiten auf die Herabkunft Meiner Geisteszüge.

Was immer du an trefflichem erlangst, ist liebvoll von Mir ausgegeben.

Willst du vor allem froh sein, sieh dir Meine Wunderwerke an.

Schiebe allem einen Riegel, was dich noch betört, dann wirst du Mir und keinem anderen gehören.

Deine Art zu sein kann auf die Dauer nur noch Mich ertragen.

Kämpfe dich mit gutem Wilen ganz an Mich heran.

Wirst du älter, hast du nur noch Mich als festliche Prognose.

Mit Meinem Licht bekleidet kannst du selbst durch Geistestüren gehen.

So sei es, schallt Mein Ruf.

2.11

Willst du den Vorteil nutzen, den Ich dir verschaffe durch Mein sinnendes Gebet, ist hier die Frage, Kamerad?

Nimm die Löffel des Hasen zum Vorbild, um lauschen zu lernen.

Worin willst du dich verstricken, wo doch Meine Stricke so verlässlich sind.

Lass dich von niemand stören in dem Lauf, den Ich dir vorgegeben, alleweil zu deinem Wohl.

Wo Ich geh und steh sprudeln Mir Gedanken aus dem Nichts hervor die Weltenszene weiter zu beleben.

Zum Kuckuck mit deinen Desastern, Ich stosse stets auf köstliches Gelingen an.

Das Fazit Meiner Geisteszüge ist für immer ins lebendige Sein geschrieben.

So viel Gelehrte kommen und vergehn, nur das Ich Bin hat ewigen Bestand im Unermesslichen.

Drängst du dich vor, so dräng Ich dich zurück und vice versa, um dich vor Unheil zu bewahren.

Als Liedermacher tret Ich auf und lass beschwingte Melodien in die Beine fahren.

Was dein Schweigen anbelangt, schweige lang und tief, um Unerhörtes von Mir zu erfahren.

Mit was Ich dich begabe, kannst du laufen, schwimmen oder noch viel mehr, trotz deiner Unzulänglichkeiten.

Du Bist so wichig wie ein grosser Herr, seitdem Ich dich mit Meinem Zauberstab berührte.

Dich betreffend schalt Ich eine Pause ein, um dann umso kräftiger zuzuschlagen.

Ich warnte dich schon oft, doch diesmal musst du selber durch das Feuer laufen.

Gewisse Tage sind wie Feuer für dein offenes Gemüt, durch and`re lass Ich dich wie durchs Elysium lustwandeln.

Kreuz und quer gehst du umher sowie Ich dich nicht mehr am straffen Zügel halte.

Alles scheint dir wie verjüngt, wenn du durch Meinen Geistesraum spazierst.

Deinen Kehlkopf rein erhalten solltest du, damit kein Unwort ihm entschlüpfe.

Ich erlebe dich wie eine Flut in Mir von Freudigkeit und Tränen.

Meine breiten Schultern haben einer Welt Gewicht zu tragen, ohne Ruh.

Bist du aufgebracht, so greif Ich mildernd ein, um dich von einer bessern Welt zu überzeugen.

2.12

Mir kann niemand etwas in die Schuhe schieben, weil Ich keine habe.

Willst du ein Diplomat sein, verzichte tunlichst auf Lorbeeren.

Hast du shon alles, was du willst, erworben, hüte dich vor dem Zuviel.

Brichst du auf, so brech Ich vor dir alle Zweige nieder.

Verrate niemand, was Ich dir besage, es ist für dich allein gedacht.

Schuldlos will Ich dich bei Mir begrüssen, wenn du es geschafft hast, rein zu bleiben.

Auferstehen will die Seele alleweil zu Mir.

Was alles hast du schon erstanden, leider nicht von Mir.

An vollen Tischen ist gut leben, schwer mit Speis und Trank beladen, setze dich hinzu.

In guten Treuen trage Ich dir Meine Freundschaft an, um dein Dasein zu vollenden.

In jedem Falle kannst du auf Mich zählen, auf der Fahrt ins Sternenmeer.

Willst du was Bedeutendes erfahren, frag zuallererst Mich an.

Soll Ich dir Bescheid vom Himmel geben, setz dich ruhig auf das Bänklein vor der Tür.

Gute Zeiten für dein Herz, wenn Ich es aus Meiner Sicht betreue.

Bist du viel gewandert, kommst du endlich friedvoll bei Mir an.

Vom Vater auf den Sohn vererbt sich Meines Denkens himmelhohe Attitüde.

Dunkelblau kariert musst du mit sonnengelber Farbe füllen.

Was Ich dir deutlich mache, ist schon meilenweit von fern zu sehn.

Wiederholen kann sich nichts, weil jeder Tat ein andres Zeitenmass zugrunde liegt.

An dir ist nun die Reihe zu gewahren, dass du *Bist* das Wesen ewiger Glückseligkeit im Reinen.

An dir liegt es, das rechte Mass zu finden, zwischen dem Zuviel und dem Zuwenig im Bewusstsein deiner Kür.

Dem Ganzen zugetan Bist du in Mich geflochten wie Ich seh.

Dem Zeitgemässen kannst du schwerlich widerstehn trotz verzweifelten Versuchen.

2.13

Worte der Weisheit finden ist für Mich nicht schwer in Meinem götterlichten Selbst-Genügen.

Als ein Perlenkranz erscheinen die Plejaden vor dem Göttersinn in Mir.

Ich erhebe Meine Stimme nachts, um aller Welt das Licht der Friedefertigkeit zu bringen.

Wozu hab Ich dich erkoren, wenn nicht zum Sein in Meinem Lichte der Allherrlichkeit.

Was willst du Mir noch sagen, bevor das Unsagbare dich berührt?

Ich lasse alle leben, wie sie es für richtig halten ihrem Maiensäss gemäss.

Trunksucht führt ins Elend, suche doch, auf etwas besseres zu stehn.

Ich weiss Mich sehr dazu geeignet, das Vernünftige und Wohlerwogne zu verbreiten.

Gehst du auf die Lauer, kann es sein, dass *Ich* dich ebenso belauere.

Heftig sollst du nimmer sein, weil dir dabei zumeist das Heft entgleitet.

Du brauchst das Weltsein unbedingt, um von diesem in das Geistige hinaufzusteigen.

Hast du deine Sache gut gemacht, kannst du sie mit Meiner Inspiration noch wesentlich verbessern.

Ich laufe dir nicht nach, doch du sollst stets bemüssigt sein, Mir nachzufolgen.

In den meisten Fällen ist es besser, dass Ich recht behalte über dir.

Geh in dich, damit du umso besser aus dir gehen kannst.

Was Ich dir erläutert habe, läutert dich von innen her wie anno dazumal.

Eine Ehrenwache habe Ich für dich bestellt, um dich vor jedem Unheil zu bewahren.

Der Allmächtige, der Ich Bin, sieht sich genötigt, dich hin und wieder tüchtig dranzunehmen, damit du wohlgesittet weitergehst.

Alles erscheint als Zahl und Zählung und weit darüber hinaus.

Womit du konfrontiert wirst, hast du dich herumzuschlagen.

Von Haus zu Haus bist du gegangen und hast den nicht gefunden, den du dringend suchtest.

Bald hier bald dorthin hat er sich gewendet, von Treue keine Spur.

Mit Liedersingen ist es nicht getan, da braucht es stärkeres von Mir.

Willst du ein Held sein stelle dich nicht quer, sondern hilf den Dingen wie sie laufen wollen.

3

Wenn dich Meine Stimme ruft

3.1

Wen immer *Ich* behandelt habe, kommt fortan frohgemut daher.

Wenn dich Meine Stimme ruft, lass alles stehn und liegen und eile Mir entgegen.

Knapper ging's nimmer, aber es klappte.

Frei von der Leber weg lass dich verlauten, sonderlich von Mir.

Gehorsam sollst du sein, doch mit Bedacht und gutem Willen.

Über dir die Fahne, unter dir der Heimat vielgeliebte Züge.

Was will Ich dir in Liebe sagen: Sammle deinen Mut und lerne sein in Mir.

Was hat dich neulich so bewegt, das Licht auf Meinen Geisteszügen.

Siehst du dich gefördert, schau voll Sehnsucht bei Mir nach.

Ganz innig im Erwarten hab Ich dich zum besten Freund erwählt.

Was Ich einmal zuinnerst programmiert und aufgelistet habe, wird sich auch erfüllen über dir.

Flippst du aus, so flippe Ich dich wieder ein zu Meinen wie zu deinen Gunsten.

In steter Hoffnung sollst du leben auf Mein Licht im Umkreis reiner Schöne.

Verwandle dich von A nach B, das wird wundervolle Konsequenzen haben.

Ich habe dir Mein Sein beschrieben noch bevor du flügge warst und federleicht in Mir.

Ich verbitte Mir Kritik an Meinem Handeln, an deinem aber gibt`s noch viel.

Bist du im Hier entschwunden, tauchst du sogleich bei Mir wieder auf.

Ich dirigiere und du singst, aber bitte keine falschen Noten.

Das Licht, das dich durchströmt, ist Meine reine Göttergabe.

Ich stelle vieles in dir weit zurück, um *Meinem* Wesen besseren Ausdruck zu verleihen.

Du Meine Güte, wie soll das noch ausgehn, keine Silbe soll dein Herz verlassen ohne Wärme und Humor.

Bitter ist`s für dich, wenn du süsses nicht mehr unterscheiden kannst von saurem.

Auf der Zinne deines Hauses in die Weiten sollst du sehn.

Nichts geht dir verloren, wenn die Achtsamkeit dich führt.

Nicht alles ist mit Heldenmut getan, vieles braucht Entsagen.

Mich zu preisen sei dein tägliches Gedankenspiel.

Willst du fliegen lernen, trete unbedingt in *Meiner* Schule an.

Meine Kritik geht nie fehl, deine jedoch lässt den Scharm vermissen.

Steige zu Mir auf und lass es dir am Sein genügen.

Meinem Willen untertan beginnst du richtig zu florieren.

Meine Macht ist gross und will sich in die Deine giessen.

Das Geziemende soll dich zum Meister deines Fachs verwandeln.

3.2
Ewiger Frühling in Meinem staunenden Gemüte.

Was Ich riskiere ist des Guten nie zuviel.

Hier lass Ich aus und füge dort Gelassenheit hinzu.

Abgetackelt bist du blendend schön.

Vergiss nie, dass *Ich* dein strahlender Behüter Bin.

Was *Ich* lenke driftet nie vom Wege ab seit Millionen.

Behinderungen helfen dir dich fürstlich durch-zuschlagen.

Im Glück der Sterne findest du dein ultimates Wohl.

Was du erledigt hast, kann dich nicht mehr in Rage bringen.

Bist du solvent, so muss dir auch das Schwierigste erreichbar sein.

Besonnenheit macht stark, besinne dich darauf.

Geliebte Poesie, ein Seelenabenteuer von besonderem Format.

In freien Stücken Muss dir alles glücken.

Auf dich und alle zugeschnitten ist Mein Weltenmass.

Merkwürdig still ist es in dir geworden, seit du Mich darin erahnst.

Nichts ist bei Mir erzwungen, alles ist aus liebevoller Selbstverständlichkeit geboren.

Aus Meinen Regeln geht soviel hervor, dass dir die Fassung Mühe macht im Keimen.

Ich erlebe Mich so intensiv, wie sich alle Welt erleben sollte.

Brauchst du Güte, sieh, Ich lasse sie in Fülle walten.

Meine Fülle deckt unendlichen Bedarf für Millionen.

Was mutest du dir zu, wo *Ich* die Segel schon gestrichen habe.

Aus Meinem Anlass geht der Deine, seinsgerecht, hervor.

Mein Wille ist im Welten-Schaffen Legion.

Ich förd`re was zu fördern ist während deinem Nickerchen.

Die Delegierten Meines Hauses schwärmen aus und kehren reich begabt mit Beute wieder.

Ich verwandle alles, was da *ist*, in Meines Geistes lichte Musikalität.

Das Unsagbare gleitet leichthin über Meiner Feuerzungen Freudenspiel.

Ich bewirte jeden, der da kommt, um Manna zu erbitten.

Bei Mir gibt es kein Malheur, nur melodiöse Mutationen.

Gewaltiges gewähr Ich dir, wenn du in unbedingtem Glauben vor Mir stehst.

Reichst du Mir die Hand zum Bund, will Ich sie noch so gern ergreifen.

3.3

Produktivität allein kanns noch nicht bringen, Metamorphose vollzieht sich im gestillten Raum.

Tritt ein, um dir durch Mich Bescheid zu sagen.

Dein weisses Blatt bis bald von dem von gestern vollgeschrieben.

Sei nicht spärlich, wo es gilt ein Gotteswesen zu beglücken.

Von zuhinterst nach ganz vorn lass Ich dich treten, wenn du willig bist, es auch zu tun.

Hüte dich vor Spekulationen, nur die Wahrheit kann es bei Mir bringen.

Erbaue dich an dem, was Ich dir hier besage und halte dich geschickt daran.

Wett-Eifer ist schon gut, aber besser ist es, schlicht und einfach zu gehorchen.

Mit was du immer dich behilfst, es ist aus Meinem Garn gewunden.

Ich schreibe gross an deinen Himmel: Halte, was du denkst, im Zügel, damit es dich hinanzieht Meiner Schönheit zu.

Du von Mir Gesalbter, wende dich Mir zu in Ehrfurcht und Entsagen.

Meine Gewalten hat den Sinn, alle Welt zur Einigkeit emporzuführen.

Ohne Mein Dekret geht alles durcheinander im bedeutungsvollen Weltenplan.

Du redest irr, doch weiss Ich dich gekonnt zu korrigieren.

Mein Erbarmen an der Welt ist hundertfältig und betrifft auch dich in deinem Langen.

Was immer sich bewährt, kann nur von Meiner Seite zu dir kommen.

Auch in deinem Falle muss der Aufstieg zu Mir liegen.

Was dich im Kern betrifft, hat sich aus Meiner Allgewalt erhoben.

Mein Bund währt ewig, derweil deine Bünde sich diskret im Nichts verlieren.

Das Besondere an dir sind die Kringelungen, die von Meiner grünen Seite stammen licht und schön.

Mit Bändern bist du rings geschmückt aus Meiner Habe, windbewegt.

Du beherrschest viele Sprachen, bei Meiner aber hapert es.

Alles was Ich dir verkünde atmet Weisheit und Gelassenheit von Himmels Gnaden.

Das Besondere an Mir soll künftig auch in deinem Hause volle Geltung haben.

Im Lichte, das *Ich* meine, wirst du einst so richtig heil und froh.

3.4

Ausbund wahrer Güte Bin Ich deinem Wesen zu im Unergründlichen.

Mit Melodien höheren Erlebens darfst du selig in Mir ruhn.

Ich winde Mich und finde dich allüberall wo Ich dich suche.

Was immer Ich an dir beschädigt finde lös Ich auf in Wonne sondergleichen.

Du kannst Mir's glauben, dass Mir deine Dinge eng und wunderbar am Herzen liegen.

Seit jeher trag Ich dich im Sinn, sowie Ich was zu sinnen habe.

Ich veredle, was du Bist, konstant durch Meine Gegenwart in dir.

Milde lass Ich walten, wo deinem Fehltritt Nachsicht gebührt.

Innerlich ist alles gut, wenn auch draussen arge Stürme tosen.

Im Netz gefangen mach Ich für dich doch alles wieder gut.

Eine Wohltat für die Welt sind Meistersinger wenn sie's recht begriffen haben.

Willst du loyal sein, wende dich sogleich Mir zu.

Du befindest dich im Raum und, ohne es zu wissen, seinsgerecht in Mir.

So viel an Güte hab Ich schon an dich vergeben, nun ist es endlich auch an dir.

Sowie du dich im Dialog mit Mir befindest ist alles wieder gut.

Ich recke Mich und strecke Mich um allen Fällen seinsgerecht zu werden.

Im Hinblick auf Mein Wort wirst du die blauen Wunder noch erleben,

Schön in Stanniol verpackte sind Meiner Güte Gaben unverderblich für dein Wohl.

In der Regel halt Ich Mich bedeckt, um dich nicht ständig aufzuregen.

Ein Scharmützel mit dir wär nicht ohne, doch du würdest stets den Kürzern ziehn.

Brillante Ringe tauschen bringt nur denen Heil, die's wirklich nötig haben.

Unwirksam sind selbst die besten Worte, wenn du zu verstockt bist, um sie zu vernehmen.

Wo schaust du wieder hin, statt mit deinem Blicke Mich zu ehren.

Eine Pfründe kann Ich dir nicht geben, weil sie deinen Eifer dämpfen würde.

Bewahre mich in deiner Huld, sollst du beständig beten, weit hinauf zu Mir.

Am Anfang war der Dialog und wird es bis zum Ende immer bleiben.

In Liebe möge enden, was in purer Lust begann.

3.5
Wer sich meldet wird gnädig behandelt, wer nicht, brutal.

Lass es gut sein, selbst wenn arge Winde dich umtosen.

Ich tändle nicht, in allem Ernste wird bei Mir sogleich entschieden.

Verwirf die Flausen, alle haben schon genug davon.

Willst du dich retten, melde dich recht höflich bei Mir an.

Bist du ein Musterschüler, wird es auch an Lob nicht fehlen.

Ich strafe nie, ein jeder holt sich seine eignen Prügel.

Kraut und Rüben durcheinander entspricht nicht Meinem Götterstil.

Wo Gelehrte sind, haben leere Köpfe nichts verloren.

Kleinigkeiten sind oft wichtiger als pompöse Prahlereien.

Macht Mir einer etwas vor, so Bin am Ende Ich's gewesen.

Dem Gott der Trauer ist nichts beizubringen ausser: Tu` nicht so.

Willst du wirklich weinen? Sieh, das Welt-All ist so schön.

Heldenmut ist nicht billig zu haben, Unmut aber schon.

Ich behandle dich mit Scherzen, dir aber tut nur Bitterernstes wohl.

Die Massen sind im allgemeinen leicht zu zügeln, der Einzelne jedoch springt dir konstant davon.

Mit Liebe ist nur dann etwas gewonnen, wenn die Herzen offen sind für Meinen Ton.

Wenn du schon befehlen willst, sollst du wenigstens verständlich reden.

Klimmzüge machen ist schon schwer, sich fallen lassen noch viel mehr.

Gottes Geist belebt dich nur, wenn du aufhörst alles zu beklagen.

Was Wunder, dass du hinkst, wo dich schon ein Dörnchen plagt zum Gotterbarmen.

Muss denn immer reklamiert sein, wo das Meiste wie am Schnürchen läuft im Tagesbogen.

Was kostbar ist, sollst du nicht mehr vergeuden, sonst kostet es dich allzu viel.

Willst du erfolgreich sein, so hebe deine Augen auf zu Meinen Bergen.

Rechnest du mit Schwierigkeiten, sind sie auch schon da.

In Meinem Mich-Begründen gibt es Hintergründe bis genug.

Lobesam ist alles, was vom Geist zum Geiste sich vollzieht.

So lang wie breit ist alles, was sich nicht in die Höhe zieht.

Bist du deiner Selbst bewusst, kann dir im Grund genommen nichts mehr fehlen.

Im Sosein liegt die Würze wenn du's kannst.

3.6

Wem du erliegst, der hält dich auch am Bändel und sonst niemand mehr.

Macht es dir etwas aus, vollends zu Mir zu stehn? Dann erwarte nichts mehr von dir selber.

Im Erjagen bist du gross, doch im Entsagen bar und bloss.

Was verbindet dich mit Mir? Eine lose Leine in des Seins Revier.

Spät ist noch nicht nie in deiner wie in Meiner Schicksals- Symphonie.

Wie gibst du acht auf deine Macht und kannst sie wirklich zügeln?

Wem hängst du an in deinem Wahn, statt Mir in Meinem dich Verwöhnen?

Das Ungemache legt dich flach in deinem Dich-Begründen und Ich versuche allgemach, Heilung zu ergründen.

Merke dir die Zeichen Meiner Gunst, trau du dir zu, auch kunstgerecht danach zu handeln.

3.7

Das du empfängst von Mir den Auftrag, Wesentliches aufs Tapet zu bringen und damit den Weltenfortschritt zu bewirken.

Terra Cotta kann dir merklich Schmerz bereiten, wenn sie noch heiss war nach dem Brennen.

Glaubst du wirklich, dass Ich dir die Stange halte, wenn du dich nur meldest in der höchsten Not?

Ich wache über dir, sowie du danach trachtest, in Mir aufzuwachen.

Wie könntest du die Güte an sich wieder finden, nachdem du sie verstossen hast?

Was kann sich dir von Mir als nützlich und bemerkenswert erweisen? Das Merkmal, das Ich dir auf Stirn und Wangen schrieb, um dich darin zu bestärken , dass du Bist die Wiederkunft der Geisteswirklichkeit im Grünen.

Bist du motiviert, so kann Ich dich bestimmt für Meine Zwecke brauchen.

Ich schenke ein und du geruhst, das Glas in einem Zuge auszuleeren.

Was hindert dich daran, in Meinem Namen aufzutreten?

Droht dir Versinken, siehst du Meine Augen, um der Rettung willen, nach dir blinken.

Fängst du erst so richtig an, habe Ich längst aufgehört mit Meinem Rasen.

Moderat soll bei dir sein, was früher äusserst heftig war.

Wie findest du Mein Konterfei? In Tat und Wahrheit müsstest du`s erst suchen.

Bist du sicher, dass es dich noch gibt in deinem Zauberladen.

Im Verein mit Meinen Sätzen bleibt der Grundsatz der All-Einigkeit gewahrt.

Hörst du auf, dich ungeniert zu brüsten, kannst du deine Brüste umso offener zu Markte tragen.

Was du laufend produzierst, ist ein Affront gegenüber Meinem genialen Generieren.

Bist du resistent, so kann Ich dir mit Meinem Hammer ungeniert einen linken Haken schlagen.

3.8

Was verbindet dich mit Mir? Eine lose Leine in des Seins unendlichem Quartier.

Wie erklärst du dir dein Kommen? Indem Ich mit dir ging als bester Advokat.

Klärst du auf, so Bin Ich dabei, abzuklären.

Stiehlst du Mir die Show, so ist es Mir ein leichtes, dich aufs Kreuz zu legen.

Bonaverntura ruf Ich dir begeistert zu und du nennst Mich dafür beim wahren Namen.

Oligarchen mögen für die Welt ein Gräuel sein, für sich selber aber sind sie majestuös.

Weitest du dich aus, so drängst du Mich in dir zusammen, bis Ich dir nichts mehr bedeute.

Was träf ist, muss auch Mich betreffen, in der Genealogie der Trefflichkeiten.

Willst du wirken, sende deinen Sinn in Universenweiten.

Das Prekäre ist auch eine Fähre, die uns durch die Lebenswogen führt.

Eklatanntes weist auf Energie und Forschheit hin.

Konsequent sein heisst, nicht lange fackeln, sondern voll ins Wesentliche fahren.

Der Betrieb geht weiter, selbst wenn du ausfällst, um ein wenig zu verlüften.

Was *Ich* gelten lasse, hat Geltung für Äonen.

Was Konsequenzen hat, sollst du beharrlich meiden, sonst ziehen sie dich in ihr düsteres Grab.

Pinocchio liess seine Nase wachsen, um den Kinderchen im kartonierten Bilderbuch zu imponieren.

Ein Minotaurus will von seinen Eltern wissen, warum er so gestaltet ist, sie sagen: Du bist zu zeitig von uns ausgerissen.

3.9

Willst du Mir entgegenlaufen, nimm gutes Schuhwerk mit, damit die Sohlen rüstig bleiben.

Weisst du Beschied, so kann Ich dich mit Leichtigkeit noch viel gescheiter machen, mit der Fülle deiner blitzenden Vermutungen.

Der Witz der Sache ist, dass du weder dich noch Mich so richtig kennst, im Seins-Empfinden.

Ich befördere dich wer weiss wohin und du darfst es am allerwenigsten erfahren.

Nichts soll gekünstelt an dir sein, wenn du versuchst, Mir zu begegnen.

Ich wecke dich, doch du schläfst sogleich wieder ein, zu deinen kunterbunten Träumen.

Willst du besorgt sein, sorge dich vornehmlich um dein Seelenwohl und erst danach um das der andern.

Was du dir wünschest wird sogleich in Meinem Notebook eingeschrieben und von Mir erfüllt, in grandiosen Zügen.

Zuckst du zusammen, wenn Ich plötzlich vor dir steh, muss etwas in dir nicht in Ordnung sein.

Gesichert sein hilft nicht unbedingt vor Schaden, doch über Meinen Stick brauchst du dich nimmer zu beklagen.

Bist du ins Minus geraten, setze Ich Mein Plus hinzu, damit du überlebst und dein Heil schlussends in Meinem findest.

Fühlst du dich beleidigt, ist es alleweil von dir.

Wem willst du zugehören? Dir persönlich, oder dann dem Weltenwort im Seins-Erfahren.

Wer greift dich ständig an? Du selber, oder Mein Versuch, dich in das Licht der Welt zu führen.

Ungekürzt sollen deine Beine durch das Tor der Wahrheit schreiten, das Ich Bin, und das entscheidet über kurz und lang im All-Ertragen.

3.10

Was sich wie die Sonne über dir verbreitet ist die laut`re Liebe licht und schön.

Worauf willst du warten, wenn *Ich* dich doch mit Meinem Seligsein beglücken will.

Willst du Mich erreichen, Meine Züge ziehen dich hinan, wenn du gewillt bist, himmelwärts zu streben.

Kapitales soll dir mehr bedeuten, als das Kleinliche, das ohne Mich passiert.

Was Mangelware ist, soll dich nicht zum Hamstern animieren, Solidarität und Anstand gehen vor.

Ich trage dir ins Logbuch ein, wo XXxx Meinem Meer die schönsten Stände liegen.

Weisst du wo's lang geht, geht's bei Mir in alle Himmelsweiten und in die Geistwelt noch dazu.

Willst du endlich dafür sorgen, dass du Mir nicht zur Last wirst, wie zum Unbehagen.

Trottest du daher, wie eine müde Märe, kann Ich dir ein Mittel zur Ermunterung reichen.

Ich setze Mich für deine Rechte ein, doch du willst es partout ganz anders haben.

Brauchst du eine Pause? Sieh zu, dass Ich sie dir gewähren kann ob deinem überragenden Agieren.

Kronenmuttern sind dazu berufen, ein Gewinde glorreich abzuschliessen. Setzest du dir selbst ein Krönchen auf, sei es zu demselben Zweck getan.

Seit wann gerätst du gleich ins Wanken, wenn dich etwas negativ berührt, statt dich auf Meinen Standpunkt zu verlassen?

Wie kannst du dich am schicklichsten zur Geltung bringen? Indem du Mich an deine Stelle setzest in der Welten Jubel und Spagat.

Im besten Falle findest du, im Trüben fischend, einen Wasserfloh. Mir aber zeigt sich alle Welt in gloriosem Licht-Erstrahlen.

Was kann dich noch erretten in dem unerforschlich aufgesetzten Lebensspiel? Meine Gabe der Verheissung glückerfüllten Wohls.

3.11

Optimal mag bei dir vieles sein, doch maximal wird es dann erst bei Mir gedeihen.

Trifft es dich, so kann es Mich genauso gut betreffen in der Folge der unendlichen Verbindlichkeiten.

Wie handhabst du die Fehler, die dir dauernd unterlaufen? Zweifellos mit Meiner Hilfe in beseligender Ruh.

Glaubst du, dich allein zu fühlen, Bin Ich doch unendlich nah bei dir mit Meiner Weitsicht in den Sphären.

Willst du huldigen, entschuldige dich bei Mir, dass du's nicht schon längst getan.

Ein Briefing mag viel bringen, doch was *Ich* dir in sekundenschnelle offenbare, bringt dir noch viel mehr.

Bist du's gewohnt, den längern Hebel anzuziehn, sei dir von Mir gesagt, dass Meiner das Unendliche berührt.

Wie willst du denn prästieren, was *Ich* dir auferlegt und eingerichtet habe? Du erwarmst an den Gedanken und kannst es wahrlich brauchen.

Was willst du schöner nennen, wenn Ich dir die Schönheit an sich vorgeführt und eingetrichtert habe.

Was kennst du nicht, Mein Entrich, wenn Ich dich nach deiner Kunst befrage?

Was kündet sich dir an, wenn Ich dir nah Bin in des Seins unendlichem Genügen?

Eine Weihe ohnegleichen findet statt, wenn du dich ergiesst in Meine Liebesgärten.

Wie Ich dich kenne, kannst du bestens singen in des Herzens Ton.

Was sich geziemt ist in dein Herz geschrieben und was nicht, des lohnt sich nicht davon zu reden.

Wo kommst du her, wenn nicht woher auch Ich gekommen Bin im Welt-Geschehn.

Womit kann *Ich* dir noch helfen, nachdem Mein bestes Team versagt?

Merkst du auf, wenn dich die Geister der Vernunft inständig plagen?

Was dir miserabel scheint, ist oft das Nützlichste in deinem Künstlerleben.

3.12
Wo Klagen klingen, ist der Föhn nicht fern.

Liegt es dir daran, ein wenig aufzutrumpfen, kann Ich dir dazu die Karten mischen.

Was hast du nur auf deiner Tour für köstliche Ideen? Sie schmücken dich, Mein Enterich und werden bald vergehn.

Wie geht es bei dir zu und her, wenn alle Stricke reissen? Ich denke gar nicht mehr und will dir leidlich Trost verheissen.

Wofür bist du gereift, für einen prächtigen Reward oder eine tüchtige Tracht Prügel ?

Was kann dir lieber sein, gemütlich durch die Stadt flanieren oder mit der Krone auf dem Thron.

Ist es dir gegeben, Freundlichkeit zu pflegen, wird bald einmal ein Kreis von Freunden dich umstehn.

Deinem Zweck entsprechend müssest du noch lange überleben.

Mit dem Strom, oder gegen den Strom ist Mir einerlei, weil Ich ihn selber Bin in Meinen Überlegenheiten.

Was Mich tangiert, hat alleweil den Vorteil, alles zu tangieren.

Was sich Mir auflädt, ist stets abgefedert bis zum Gehtnichtmehr.

Gehst du verloren, findest du dich jederzeit in Mir.

Moderat sein kannst du nur, wenn du zuvor ein Wilder warst.

Vieles zahlt sich erst dann aus, wenn du ihm zuvor enormen Zuschuss gewährst.

Kann es denn sein, dass dir die Grütze fehlt, um so richtig protzig aufzutreten?

Gutwillig Bin Ich bis ohne jedes Gegenmehr.

Was zeigt sich deinen Seelenaugen, wenn du schläfst? Deines wahren Seins Salut und seelenvolles Rauschen.

Wo findest du Mein Resümee? In der Einheit aller Geisteszüge.

3.13

Bist du geliefert, liefere Ich Meine Kraft dazu, dich wieder aufzurichten in des Lebens Munterkeit und Poesie.

Was trägst du dich mit Träumen, wo doch das Leben soviel Anhalt bietet, wach zu sein und geistergeben.

Meiner Übersicht folgt die Einsicht in die kleinsten Entitäten.

Ich stifte Frieden wo Mein Wort das Weltenherz berührt.

Mein Flügel bändigt die Dämonen im erhabnen Geisteswehn..

Von Meinem Licht geblendet müssen die Dämonen downwärts weichen.

Woran du Mich erkennst, ist das enorme Licht das Ich ins Weltenall verstrahle.

Was bringt es dir, wenn du aus Meinem Teich Gedanken fischest? Neue Werte offenbar.

Willst du dich der Obrigkeit verschreiben, schau sie dir beizeiten an.

Unvernunft hat kurze Beine, welche Länge wünschest du?

Per Saldo will Ich dich als Sapperlot in Meinem Liebesgarten pflegen.

Gelandet heisst vor allem, nicht gestrandet, solange Ich die Hand im Spiele habe.

Weihnst du dich dem Lachen, lache *Ich* dich gründlich aus.

Was Ich an dich verliere, macht Mich reich in dir.

Bist du stets dagegen, halte Ich dafür, dich für verstockt zu halten.

Wer Meine Wahrheit findet, hat für lange ausgesucht.

Nur beim Start heisst es für Astronauten: Weiche Knie. Sind sie heil zurück, dann jubeln sie.

3.14

Solang du nicht in Mir Bist, musst du dich mit Möchtegern begnügen.

Was *Ich* in dir wirke, lässt dich allgemach das Sein erleben.

Zusammen sind wir Eins im Sinn des Ganzen, das Ich universenweit vertrete.

Was Verbindest du mit Glück? Eine frisch gepresste Pomeranze.

Was verteidigst du mit allen Zähnen? Deine Sicht auf was du Bist im Unergründlichen.

Das Gekonnte kommt zumeist gut an, nur muss es auch gekonnt und zügig vorgetragen werden.

Was du überspringst, kann dir zum Verhängnis wie zum exquisiten Wohl gereichen.

Türmst du, suchen dich die Häscher sogleich wieder einzufangen, in den Turm.

Was meinst du mit Entsagen? Keinen Groschen mehr im Geldsack haben.

Womit willst du punkten, wenn Ich dich nach deinem Ideal befrage? Mit der Absicht, ganz dir zu gehören.

Wofür willst du kämpfen, wenn nicht für Mein Reich der Mitte in den Geistessphären.

Wie verhält sich das mit deinen Gütern, glaubst du, dass sie dir allein gehören, oder Mir.

Wen wunderts, dass du nach Erlösung trachtest von den Eigenheiten, die du so verbissen pflegst.

Wogegen will Ich sein, wenn Ich nicht zuerst dafür war.

Wie willst du vorgehn, wenn du nichts von Meinen Plänen für die Zukunft weisst.

Nichts hindert dich daran, in Meinem Sinne aufzutreten.

3.15

Was verfolgst du mit gespannten Ohren? Eines Vögleins Lobgesang im Morgenlichten.

Wie kontrollierst du dich, wenn alle Stricke schon gerissen sind? Indem du Mich um Hilfe bittest, mitten in der Not.

Ein Glimps und schon hast du das Wichtigste gesehn.

Du legst noch immer zu, bis du selbst goldne Eier legen kannst.

Warum gehorchst du Mir nicht mehr? Weil ich dich verkenne in der Wucht des Alltags um mich her.

Alt und Jung sind von Mir streng geschieden, dennoch strömt die Liebe beiden zu.

Und kühle, wenn du in der Hitze schmorst.

Das Perforierte gibt dem Wasser die Gelegenheit, beizeiten zu entrinnen, damit die Wurzeln nicht ertrinken.

Ich übergebe dir, was Ich gehortet habe, um dich mit Meiner Lebensweise zu versöhnen.

Hinter Schloss und Riegel bist du sicher vor des Lebens lauernden Gefahren.

Bist du berühmt, kann dir hie und da ein Nasenstüber sehr zum Heil gereichen.

Was bringt dich auf die Palme, wenn nicht Meine Frage nach den Liebestaten, die du nicht vollbracht hast, himmelan.

4

Bist du endlich aufgewacht

4.1

Was anerkannt ist, muss nicht mehr Reklame für sich buchen.

Von Elf bis zwölf gibt`s nur noch eine kleine Spanne Zeit zu leben.

Rufst du Mein Vaterland, so muss Ich halt zur Flinte greifen.

Bist du endlich aufgewacht, kann Ich dir dein Lebensziel verheissen.

Was leise in dir anklingt, ist von Mir schon lange dargeboten worden.

Womit willst du dich beschäftigen, wenn nicht mit deines Lebens immer neu gesteckten Zielen.

Von wo du kommst, kannst du nicht sagen, wohin du gleitest ebenso, damit bleibt dir nur den Augenblick mit ganzer Seele zu erfassen.

Du wirst dich niemals kennen, wenn du Mich verkennst in dir.

In Meinem Einfluss liegt die Würze deines Lebens, schau sie dir nur innig an.

Was Ich immer fallen lasse, fällt in Meine unermessnen Tiefen.

Ist der Korb zum bersten voll, helf Ich dir ihn heimwärts tragen.

Was staunst du Mich so an, Ich habe weder Hörner noch verdrehte Ohren.

Aus Ungemach wird Glück, weisst du`s nur regelrecht zu werten.

Was Mein Banner überweht ist Heil für alle Ewigkeiten.

Ein lautrer Brunnen Bin Ich, singend leise in dein Ohr von tausend Seligkeiten.

Innerliche Ranken winden sich vergnüglicher als äussere empor

Gibst du dich hin, so gebe Ich Mich her, dass wir selbander hohe Zeiten feiern.

Wie rasch du immer gehst, Ich überhole dich, damit du Mir dann nachfolgst hinterher.

Wie krass auch immer deine Wünsche sind, Ich erfülle sie zu deiner Unlust oder deinem Wohlbehagen.

Schweren Tritts gehst du einher, da muss Ich dich mit Leichtigkeit versehn.

Ich finde alleweil heraus, wo dich der Schuh drückt und beginne dort dich zu massieren.

Du trägst wohl manchen Stein, den du als Last empfindest, Ich aber hebe sie wie Federbälle im Turnier.

Dein Hüsteln offenbart Mir die Verlegenheit in der du dich befindest, Mir zu Ehren.

Im neuen Kleid willst du wohl neues schaffen kleiner Zar.
Geläute wo Ich komm und geh und Freudenrufe aus dem Volke.

Was Ich immer implantiere hat Bestand für Ewigkeiten.

Unter dem Strich kann sich wahrlich sehen lassen, was Ich geleistet habe in Myriaden.

Redest du von Stunden und Minuten, sind es bei Mir Äonen.

Überragendes hast du geleistet und leistest immer mehr durch Meine Motivationen.

4.2

Ich überspringe jeden Seilzug, sei er noch so hoch gestiegen.

In der Schwebe hält sich alles, was Gestalt hat, wenn Ich komme, Mir zu Ehren.

Was bist du erstaunt darüber, dass alles wohlgelingt, was Ich in Händen halte.

Mit neuem Mut gestärkt sollst du dein Tagewerk beginnen.

Fremd kann dir nichts mehr sein, seitdem du dich in Meinem Raumgefüge findest.

Ich betrachte es als Meine Pflicht, dich über alles, was das Leben ausmacht, aufzuklären.

Ein inhaltschweres Gericht liess Ich für dich kommen, damit gesättigt bist für`s Kommende.

Was bring Ich dir hinüber, wenn nicht profunde Seligkeit und Seelenruh.

Meine Wahrheit ist für alle Zeiten unumstösslich in das Sein geschrieben.

Was Ich verwalte ist die Zukunft aller Wesen im All-Hier.

Sind alle glücklich, kann Ich es auch sein in Meinem hocherhabnen Regionen.

Ist der Bann gebrochen zwischen dir und Mir, lässt sich alles friedvoll an in unendlicher Manier.

Indem Ich dich umkreise stärken sich die Sehnen deiner Zuversicht nach Meinem Reichtum und Revier.

Würdest du für Mich ins kalte Wasser springen: Ich ermanne dich dazu.

Intakt ist deines Seelenseins Gefieder sogleich, wie es Mich berührt.

Von Würde keine Spur, solang du Mich nicht spürst in deiner geistigen Struktur.

Wenn es dir gelingt, Mich einzuholen, hat sich an deiner Bildung schon Gewaltiges vollzogen.

Immer Neues hast du zu. bewirken als der Widerhall von Meinem Sinn und Geistgehaben.

Ist es von Mir durchzogen, kann ihm nichts Verderbliches geschehn.

Ich schalte und erhalte, was dir nicht im Traum gelingen könnte.

Spendest du, sei besorgt dafür, dass es auf grossem Fuss geschieht.

An deinem Willen hängt die gute wie die üble Tat.

Mein Gewalten führt dich in den Raum, den Ich dir leichterdings gewähre.

Zuviel des Guten ist auch Mir zuviel.

4.3
Was Ich dir zu sagen habe klingt versöhnlich, so wie nie zuvor.

Du findest Zugang zu den Quellen reinen Seins in Meinen Geistesbastionen.

Es künden sich Verhältnisse von unsagbarer Güte an in deinem Dich-Empfinden.

Wenn`s dir pressiert so kann Ich Mir ja reichlich Musse zugestehn.

Willst du modern sein achte auf die Schritte, die du unternimmst, um nicht im Ungemütlichen zu landen.

Mich in einem Cantus firnus zu besingen steht dir trefflich an, nur muss dazu die Stimme sauber sein.

Veredle dich soviel du kannst, du wirst es wahrlich nicht bereuen.

Gestern weckte dich Trompetenschmetter auf, was darf es heute sein, will Ich dich füglich fragen.
Was vor Mir aufgeht greift auch dich herzinnig an, wie fühlst du dich danach?

Geringe Übel haben die Tendenz, sich zu vermehren, wenn sie nicht zeitig von dir aufgehalten werden.

Futiere dich um nichts, damit du nicht Gefahr läufst alles zu verlieren.

Wie eine Bombe hat die Nachricht eingeschlagen, doch bald war wieder Ruhe im Quartier.

Worauf besinnst du dich so sehr, es wird ohnehin ein Ende finden.

Hast du dich tüchtig ausgelüftet, ist dir gewiss viel wohler im Gemüt.

Mit Mir am Bändel kannst du ruhig durch die tiefsten Pfützen waten.

Wie artig bist du doch geworden, seitdem du innig auf Mich hörst.

Brillant war deine Rede als gerissner Volks-Tribun, doch bald ist sie ins Nichts verflogen.

Ich schmettere nichts ab, was mit Verstand daherkommt, nur muss es wenigstens zu etwas taugen.

Was Klasse ist, braucht nicht mehr mit dem ABC von vorne anzufangen.

Was *Ich* dir erläut`re, kannst du nicht im Trödlerladen kaufen.

Willst du nur für einen Augenblick verschwinden, kann es auch für immer sein.

Willst du nimmer was Verkehrtes tun, wird dir auch viel Rechtes nicht gelingen.

Meine Weisheit wird dir dazu dienen wieder auf den Damm zu kommen.

Nie wirst du was Rechtes werden, bei dem falschen Spiel, das du getrieben.

Ich habe keine Müh, dir nachzujagen, denn Meine Blitze sind geölt.

Ich laufe neben dir durch dick und dünn ins Wunderbare.

4.4

Bin Ich der Herr, muss Ich denn Myriaden Diener haben.

Die Doppel-Weisheit will sich mit sich selber unterhalten.

Was recht ist sage Ich und halt es dir beständig vor die Augen.

Du windest dich hinan, derweil Ich dir gewandt entgegenkomme.

Ich stelle dar, was du dereinst bedeuten sollst im Unerhörten.

Das zu Vermeidende ist dir von Mir ins Herz geschrieben.

Gibt es ein Glück, so ist es von *Mir* hochgepäppelt worden,
Kommst du erst an,
bin Ich schon längst davongegangen.

Wie kannst du nur so spöttisch sein, wo *Ich* Meinen Mund in allem Ernst versiegle.

Trifft es dich, so lass es munter treffen, Ich Bin heilend ja bei dir.

Mit frommen Wünschen ist es nicht getan, die Tat entscheidet was er kann.

Lebst du in Träumen, will Ich dich zur lichten Wahrheit führen.

Viele Werte werden sich in dir zur Wirklichkeit summieren.

Worüber Ich Mich staunend beuge ist der Glanz den du errungen hast in Schaffenszeiten.

Ich komme dir zuvor, wo immer du beginnst die Wirklichkeit zu spüren.

Wie anders wird es sein, wenn du begonnen hast das Sein in dir zu etablieren.

Ich will dich dingfest machen, bevor du Mir entgleitest andern Bündnissen entgegen.

Ich halte Mich an reine Wasser, derweil du noch im trüben fischest ganz und gar.

Mit 80 bist du schon ein Greis, derweil Ich Meine Kräfte ewig jung erhalte.

Ist dir dies für einmal geschehn, so soll es dir kein zweites Mal passieren.

In Mir ist alles schon gelöst, was dir noch kurios erscheint im Menschenleben.

Gegensätze sind sogar erwünscht, wenn sie einander stimulieren.

Ich werfe ein, was du verworfen hast, um alles wieder aufzugleisen.

Worüber willst du dich mit Mir denn unterhalten, wenn nicht über Weltendinge dort und hier.

Ich befasse Mich mit Nichtigkeiten, wenn es darauf ankommt, ins Detail zu gehn.

Es kommt die Zeit, wo du mit deiner Weisheit stockst, dann wird sich Meine als genehm erweisen.

Ich halte dafür, dich mit Mir zu versöhnen vom Zerwürfnis deiner Selbst in Mir.

Schau Mich bitte in dir an.

4.5

Du empfängst, was Ich dir sende, immer besser, immer mehr.

Wenn es dir beliebt zu schweigen, schweige Ich nicht mehr.

Ich überschütte dich mit Meinen Liebesgaben, doch sie erfreuen deinen kummervollen Sinn nicht mehr.

Dein Bewusst-Sein trägt dich himmelan im Seins-Gefühl.

Was du noch unterscheidest, ist für Mich die Einheit allen Seins geworden.

Das Reelle ist auf Meiner Seite, Deine will sich noch mit faulen Tricks begnügen.

Im richtigen Moment zu handeln sei dein absolutes Ziel.

Ich begrüsse dich in Meinem Kabinett als einen, der begriffen hat wie's geht.

Trachte stets danach, dir Meinen Willen einzuprägen.

Was dem Verstand genügt, genügt dem Herzgefühl nicht mehr.

Ich lehne Mich hinaus, um mehr als alle von der Welt zu sehn.

Mein Bild soll stets auch deines sein im Weltentreiben.

Nur der Heldenmut vermag das Ungewisse zu besiegen.

Ich trage dir nichts nach, es sei denn Meine Liebe.

Meine Sterne überwalten dich, dein Dasein mächtig zu erhellen.

Was dich jeden Tag verändert, mehrt deiner Seele götterlichtes Wohl.

Auf *Meinen* Spuren gehst du unbedingt dem Heil entgegen.

Vieles ist brandneu, was Mich betrifft in deinem Seelenleben.

Die schönsten Glocken lass Ich klingen, wenn du kommst Mir höchste Ehre zu erweisen.

Was Ich im grossen Stil vermag, sollst du im kleinen auch vermögen.

Dein Verhalten wird noch viel zu reden geben in der Götter hocherhabnem Tribunal.

Wende dich zu Mir, damit der Sinn gewahrt wird in des Lebens abergründigem Spiel.

Deine Zwecke können nicht die Mittel dazu heiligen, Meine aber schon.

Auserwählte sind nicht massenhaft zu finden, dennoch trachte du danach, zu ihnen zu gehören.

Mit leichtem Sinn gelingt es dir, das Schwere besser zu ertragen.

Vor dem Mittag solltest du schon mehr als hälftig deine Pflicht bewältigt haben.

Ich komme und du strahlst Mich an.

Ich seh dich spielerisch im Spielen

4.6

Alles was Gestalt hat, ist von Mir gebildet und belebt, unterrichtet und aufs Schicklichste befördert worden.

Das Allgöttliche lebt in dir mit und ohne Glauben.

Die klaren Quellen lass Ich laufen, um dich zu enttrüben.

Du musst die Konsequenzen deines Handelns tragen, doch Ich unterstütze dich dabei.

Deine Seinsgeschichte hat unendlich viel mit Mir zu tun im Geisteswallen.

Wo Ich immer lande, ziehe Ich die Menschen an Meine Botschaft zu vernehmen.

Redest du von Idealen, verwirkliche Ich sie.

Was fängst du nur mit Meinen Liebesgaben an, Ich ksnn es kaum begreifen.

Ohne Zweifel Bin Ich stets bemüht, deine zu zerstreuen.

Was *Ich* einmal gebilligt habe, trägt sich fort für Ewigkeiten.

Ich klage niemals an, doch brauche Ich an dir noch abervieles zu beklagen.

Was Ich deute, deutet auch auf deine vielen Ungezogenheiten.

Meine Grösse lässt dich grösser werden dort und hier.

Ich reguliere dasWasser und die Lüfte, damit sie dir bekömmlich werden.

Sanktionen sind bei Mir verpönt, ernste Worte sollten eigentlich genügen.

Das Mittelmass ist nichts für dich, du sollst dich wie beflügelt über es erheben.
Ich biete dem die Stirne der Mich kränken will, und du?

Lässt du dich gehn muss Ich dich umso mehr im Zügel halten.

Ich wette, dass du längst nicht alles, was Ich von dir will, begriffen hast in deinen Niederungen.

Animalisch sind die Tiere, du aber sollst dich wie ein Mensch benehmen.

In nicht allzu ferner Zeit wirst du den Sinn begreifen, der in allem webt und lebt.

Mein Gefühl für alle Welt ist Wohlgesinntheit und Vergeben, mach es bitte nach.

Junges Blut ist stets vonnöten, um dem alten Abschied zu gewähren.

Was an dir nicht gut ist soll gefälligst besser sein, wenn *Ich* dir wieder in die Augen seh.

Willst du belehrt sein, melde dich bei Mir und Meinen Wirklichkeiten.

Bist du überfordert, hänge dich Mir an in gläubigem Vertrauen.

Um Mich brauchst du dich nicht zu sorgen, derweil Ich eher bang um deine Wohlfahrt bin.

4.7
Willst du malen, male doch Mein Bild bedächtig vor dich hin.

Fremdest du vor Mir, lass Ich dich von der Fülle der Wahrhaftigkeit goutieren.

Lüfttest du dich regelmässig aus, wird die Gesundheit dich nicht mehr verfehlen.

Komm doch bei Mir vorbei, um Weisheit, Offenheit und Liebe zu erfahren.

Hast du Verdienste, sind Mir viele weitere zutiefst willkommen.

Im Land der Träume wird es hell, wenn sie von guten Geistern kommen.

Ich mein es gut mit dir und führe an der langen Leine dich zu Mir.

Offensichtlich traut sich niemand Mir zu widersprechen, demnach sollst auch du dich Meiner Absicht fügen.

Was Ich von dir weiss ist gut gesichert in den Seins-Annalen.

Befolgst du Meine Regeln ist schon alles wieder gut.

Im Seelenwinter heize Ich dir tüchtig ein, damit deine Tugenden nicht erfrieren.

Meine Güte sorgt für gute Stimmung in den Sphären.

Unvollkommen bist du noch und voller Schwermut im Empfangen Meiner Güter.
Du willst Mir huldigen und rennst ständig vor dir selbst davon.

Wann wirst du endlich im dezenten Frieden ruhn, den Ich dir vergebe.

Eine heilige Regel lautet: Gräme dich nicht mehr um das was du verloren.

Wer Reben pflanzt kann sich auf gute Trauben freuen, lang bevoor.

Willst du sinken, versinke doch in Mir und Meinen Köstlichkeiten.

Wohl gräbst du tief und kannst nichts finden, ohne Meinen Hinweis wo.

Scharlatane gibt es viele, schau zu, dass Ich dich nie zu ihnen zähle.

In bester Laune fängst du an, derweil dir viele sie verderben wollen.

Ich lass dich nie im Regen stehn, Mein Schirm wird dich behüten.

Geliebter Herr, ich weiss, es wird schon alles gut in deinen Händen.

Was dich ängstigt, ist die Ungewissheit über Mein verheissungsvolles Strahlen.

Mit Mir versöhnt sollst du durchs liebe lange Leben gehn.

Vor Ort, das heisst vor Mir erzielst du stets die besten Resultate.
Siegreich im Kampf kannst du nur unter Meiner Führung werden.

Grosse Gabe grosser Dank für Meine Dienste.

4.8

Wovon Ich spreche, ist seit Ewigkeiten wahr.

Nur *Ich* kann dich dem Missmut der Geschichte liebevoll entziehn.

Was immer du im Hier bewegst, ist auch dort, wahrhaftiges Gescheh`n.

Wovon Ich spreche, spricht dich innig an im Redlichem.

In den reinen Geisteshöhn ist alles für dich heil und wunderbar.

Was von Mir stammt kann von niemand übertroffen werden.

Was recht ist kann nur Ich mit Sicherheit besagen.

Ich tröste dich in deinem Weh von Zion aus.

Das Ewige belebt dein Siegen und Versagen.

Das Herzliche ist Meine Art den Weltlauf zu regieren.

Ich künde dir ein grosses Staunen an über dein rechtliches Bewähren.

In Geisteskünsten trete Ich beherzt für dich hervor.

Von Ruhe keine Spur, solang du dich nicht Meiner Obhut hingegeben.
Mit Meiner Hilfe Bin Ich, immer für dich da.

Willst du Relieve so kann Ich ihn dir alsogleich besorgen.

Glückselig bist du im Beschauen Meiner Generosität.

Unter Meinem Dach fühlt sich die Welt aufs Irefflichste geborgen.

Ich behandle dich wie einen, dem das Wohlbekömmliche gehört.

Das Richtige zu tun ist für dich schwierig, wenn es nicht von Mir begleitet und bestärkt wird.

Sind auch die Stufen hoch, mit Meiner Hilfe wirst du sie gelassen überwinden.

Vorsicht ist am Platz, wo noch so viele unbekümmert drübergehn.

Was du leistest wird dir von Mir reich vergolten werden.

Im Glück der Stunde trägst du dich bewundernswert hinan.

In der Freude des Genesens machst du Sprünge wie ein Reh.

Von Seelenwohlstand keine Spur, wenn er nicht gepflegt wird unter Meinem Zeichen.

Wie kannst du nur so heftig knallen, wo *Ich* dir doch mit Sanftmut ohne Mass begegne.

Lobst du den Herrn, so wird er dir's herzinniglich vergelten.
Im Sanktuarium des Herzens darfst du dich dem Gotteswohl ergeben.

Machst du's redlich, kann dich niemand dafür schelten.

Wie machst du's bloss, bei Mir so viel zu gelten.

4.9

Hörst du die Osterglocken läuten, wird es hell und heil in dir.

Bist du Mir nah kann sich kein Unheil mehr an dir vergehn.

Mir Zugewandte sind von Geisteslicht beschienen.

Ich gewähre allen die da *sind* die Gnade des Genesens.

Licht und Liebe lass Ich in die Menschheit strömen.

Ich gewähre dir den Herzensfrieden immerdar.

Aus Meinem Fundus schenk Ich dir Vertrauen und Erlösen.

In die Ferne ziehe Ich dein Seins-Gewissen Meinem zu.

Im reinen Lichte darfst du, schauend, stehn.

Wer schüttet Licht in deine Tage? Ich der Herr aus Liebesgründen.

Beständig Bin Ich da, Ich mute Mir Enormes zu, indem Ich Welten schaffe in den Universenräumen.

Meine Seinsdevise lautet: Schaffen ohne Unterlass am Weltenwerk in Meinen Gliedern.
Wie gut du bist gewahrst du erst, wenn du ans Ziel gekommen.

Ich bewahre dich in Meiner Huld auf deinen Glauben hin.

Dein Bedenken löst sich in der Liebe auf, die Ich für dich hege.

Der Versucher tritt an dich heran, doch kann er sich am Ende nicht behaupten.

Wer öffnet dir die Türen, Ich, zu Universenräumen.

Wo Mein Licht erscheint ist alle Welt von ihm gesegnet und belebt.

Wo immer Ich erscheine, tritt das Welten-Sonnenlicht hervor um alles zu begnaden.

Die österlichen Glocken brausen und künden dir des Herren Wohlstand an.

Wer kann dich retten aus den Fluten? Meine Urgeschicklichkeit im Zentrum des Geschehns.

In Gottes Schwingen wohlgeborgen trittst du heiter in den neuen Tag.

Ich Bin dir immer hold gewesen, doch erkennst du es?

In Herzenseinfalt tret Ich vor dich hin mit dem Büchlein Meiner Bitten.

Mein Erbarmen ist so gross wie der Himmel weit im Unermesslichen.

Deine Offenheit soll Meiner ebenbürtig werden im überirdischen Betrieb.

4.10

Mein Ratschlag weckt Vertrauen im empfindlichen Gemüt.

Sowie es dir ans Leben geht, beginnst du es zu lieben.

Was du in Tränen gesät, wirst du in Freuden ernten, Mir zulieb.

Bist du bereit, darfst du bedingungslose Freundschaft mit Mir pflegen.

Weisst du weder aus noch ein, darfst du bei Mir Zuflucht suchen.

Nach banger Unlust und enormen Herzensnöten, läut Ich dir den Frieden ein.

Gerade jetzt sollst du besonders innig auf Mich hören.

Ich beschenke dich mit Geistesgaben die dir heilsam sind wie nie.

Was Ich dir liebevoll besage, wärmt dein Herz und spendet Ruh.

In Meine Lichterfülle hülle Ich dich ein, um dich von allem Unmut zu erlösen.

Bist du ganz in Mich versponnen, steht die Heilung kurz bevor.

Der Ich dir liebevoll begegne, weckt in dir die zärtlichsten Gefühle.
Von Meinem Wesen strömt dir Gottes Güte mild entgegen und gewährt dir Schutz und Ruh.

Ich bring dir, was dir frommt, behänd entgegen und errette dich vor kritischen Gedanken.

Meinem Einfluss ist es zu verdanken, dass dir niemand schaden kann.

Ich renke ein was ausgekugelt war und bringe Ordnung und Gedeihen.

In Not und Elend Bin Ich da und trockne alle Tränen.

Ich bewahre dein Profil in unaufhörlichem Umrunden.

In stiller Andacht trittst du vor Mich hin und bittest um Vergeben.

Dich stillt die blühende Natur und lässt dich freier atmen.

Meine Tapferkeit ist Legion und soll auch deiner zugehören.

Ich Bin absolute Stärke und erhalte dich in ihr.

Was ist Menschenwerk dem Gotteswerk entgegen, gar nicht viel.

Schalmeien hör Ich klingen und berückenden Gesang in freudigem Erwarten.

Ein neuer Morgen hebt die Seele himmelan und führt sie ins Vereinen.

Die stille Freude singt dir Meine Liebeslieder vor.

4.11

Ich stelle dar und du machst dir bewusst, was Ich dir damit sage.

Meine Züge sind ins Weltenall geschrieben ohne Mass und Ziel.

Da Ich nun einmal weise Bin, vermittle Ich dir diese Gabe, salutierend.

Hand in Hand geht's besser kopfvoran.

Ich sorge Mich um deine Zukunft, bis du ihrer inne wirst in Meinen Gärten.

Du bist die Zierde Meiner Werke und erlangst allmählich Mein Profil.

Ich erlaube Mir, dich auf karge Ration zu setzen, wenn's um deine Wohlfahrt geht.

Willst du Meine Stütze sein, brauchst du starke Nerven in und über dir.

In Meinem Sinn zu wirken trägt dir mehr als alles and're ein.

Meiner Sorgfalt ist es zu verdanken, dass die Himmelswelt im Lot ist ohnegleichen.

Auf Mein Wort geschieht, was dir am meisten frommt, in deinen Erdentagen.

Wohl vorbereitet soll sich Mein Besuch bei dir ereignen an der Tür.

Mein Glück verbindet sich mit deinem als Vereinigtes in Corpore.

Präge dir den Wohllaut ein, mit dem Ich dich bei Mir begrüsse, herzensfroh und rein.

Dein Wille sei dem Meinen untertan in allen Dispositionen.

Ich fädle ein, das Nähen jedoch liegt an dir in penetranten Sticheleien.

Du kannst dir manchen Kummer sparen, indem du Mich zu Hilfe rufst in deinem peinlichen Juhee.

Ich fördere dein Wohl mit allen Mitteln, die Mir zur Verfügung stehn.

Lässest du dich von Mir leiten, gerät dir alles zum ersehnten Geisteswohl.

Im Gesang der Seele liegt die Anmut allen Lebens dir zu Füssen.

Ich unterstütze deine Lebensmühn mit allen Mitteln die Mir zur Verfügung stehn im Wunderbaren.

Wie wenig braucht es doch, um Glück nach Haus zu tragen, von der Welt der deinen.

Was Ich schütze, kann getrost in jede Richtung schreiten.

Die von Mir Geführten dürfen alles Heil der Welt erfahren.

Ich leide und Bin froh in Meinen eignen Händen.

Was bei Mir konsequent ist brauche Ich dir nicht zu sagen, denn es stimmt genau mit deinem überein.

Ich rate dir, mit wachen Ohren durch die Welt zu gehn, um alleweil Mein Flüstern zu erraten.

Das Nied`re wird erhöht, wenn es nur Demut zeigt vor Meinen Augen.

4.12

Ich setze Meinen Wert auf Myriaden, die Ich dir ständig zur Verfügung halte.

Was du da glaubst und dir erlaubst gilt ebenso im Unergründlichen.

Das Mysteriöse, das Ich Bin, führt dich durch alle Lebenssituationen.

Was dir viel zu denken gibt ist Meine Art dich aufzuwecken im gediegenen All-Hier.

Was kramst du in den Taschen, sieh Ich fülle sie mit allem ,was du brauchst, für's flotte Überleben.

Wo du auch immer recherchierst, du findest Mich am Ende deiner Züge.

Quellfrisch empfindest du dich in und ausser dir, durch Mein erstaunliches Beleben.

Ausgerechnet du sollst Meine Stärke sein im hochverehrten Weltenwesen.

Alles klingt und singt in Mir wenn der Frühling wieder eingezogen ist in die Natur.

In Mir ist alles wohlbedacht und heil zu deinen Gunsten.

Ich unterrichte viel, doch wenig schaut heraus in vielen Fällen.

Suchst du die Konstante in des Lebens Vielerlei, so musst du freilich bei Mir suchen.

Deine Eigenart ist Meiner zu vergleichen, wo du stehst und gehst im Wunderbaren.

Ohne Schuld ist keiner in den Höhn und den Tiefen, ausser Mir.

Mit blossen Händen kannst du nicht mehr weiter kommen, Ich geb dir das Gerät dazu.

Wachst du auf, so hast du eben noch geschlafen.

Ich empfange dich mit deinen Werken in der Einheit Meiner Kür.

Nicht Ingrimm soll dich führen, sondern liebendes Geleiten.

Es gibt noch Märchen, wenn du sie nur zeitig in dir spürst.

Von wirklichem Bedeuten ist nur das, womit *Ich* dich begabe.

Ich decke auf, was du vor Mir verborgen halten wolltest genial.

Am Rühmlichsten ist alles, was in Meinem Glanze steht.

Nichts Besseres kann Ich dir sagen als: Gewinne Achtung auch vor dem was du nicht siehst.

Mit leiser Ahnung sollst du dein Gemüt durchziehn, dass *Ich* es königlich bewohne.

Was du kriegst aus deinen Kalkulationen ist stets von Meiner Gegenwart durchzogen.

Ich lasse Mich von jeder Herzensbitte deiner Art aufs Freundlichste versöhnen.

Lebe Liebe und sei wahr.

4.13

Das Beglücken generiert unendlich viel Begeisterung am Sein und Leben.

Zuerst die Willfahrt dann die Wallfahrt hin zum einzigartigen Wesen.

Was immer Ich an Mir entdecke, soll auch für dich ein Freudenfest bedeuten.

Ich heimse ein und teile aus das Glück der Stunde und der günstigen Gelegenheiten.

Christi Licht und Liebe sei mit dir.

Ich, der König des Seins, versieht dich mit des Lichtes Blinken.

Ich spende dir den Herzensfrieden, den du doch so innig suchst.

Geh aus dir heraus und lass dich von der Daseinsfreude überströmen.

Ich segne dich mit Meiner Hände Flor, die dich mit Herzenswohlfahrt und Glückseligkeit begaben.

Was du von Mir empfängst, lässt dich erstaunt und selig vor Mir schweigen.

Edle Trümpfe halt Ich in der Hand bereit sie kräftig auszuspielen.

Als Gesandter Meiner selbst verspreche Ich dir tausend Liebesgaben.

Was immer Ich bewirke wirkt wie Wasser auf die Lebensmühlen.

Was du in Zweifel ziehst, ziehe Ich in, wunderbare Wirklichkeiten.

Meine Wege sind oft schmal, doch weit und breit ist, was sie dir verheissen.

Was dich erstaunen mag, sind die vielen Rätsel, die Ich auf den Tisch des Hauses lege.

Sag niemals „nimmer werd ich froh" vor den vielen Köstlichkeiten, die Ich dir entbiete.

Mein Wille soll der Deine werden im Durcheinander, das wir miteinander treiben.

Ein Nicken wird dir doch gelingen vor der Fülle Meiner Liebesgaben.

Ich komm zu dir hinab, um dich in Meinen Himmel zu erheben.

In Meiner Grazie ist gut leben, wie im seligen Paradies.

Für dich zu sorgen ist die Sorge Meines Seins im Unergründlichen.

Was immer Ich in dir erwecke, trägt zu deinem Glücke bei im weltenweiten Strudel.

Vorsicht heisst die Regel bei den Schritten hin zu Mir.

Wohin auch immer Ich dich führe, kommt dir Mein Wohlgeruch entgegen.

Zu guter Letzt empfange Meinen Segen aus des Himmels sonnenhellem Saal.

4.14

Schon im Rauch ohne Pulver war der Weltenfriede rar.

Ich gebe zu bedenken, dass nur Einigkeit dem Lauf der Dinge Harmonie verleiht.

Der Melancholische sieht die Welt mit Tränenaugen an.

Mein All-Erahnen trägt auch dich bewusst hinan.

Ich schaue hin und hoffe du schaust her.

Wo das Lichte sich erhebt, muss Traurigkeit zerfallen.

Ich belebe dich auf Meine Weise mit des Geisteswesens Kräften.

Vernimm Mein Wort und verhalte dich danach in Harmonie und Frieden.

Ich halte dir den Spiegel vor, damit du lernst dich zu benehmen.

Dem Wandelbaren setze Ich bewusst das Ewige entgegen.

Was *Ich* auf die Beine stelle, fällt nie mehr um.

Fühlst du dich wirklich frei, so ist es Meinetwegen.

Auch du zehrst von der Fülle, die Ich aller Welt vergebe.

Mach es recht von Anfang an, damit Ich nichts mehr an dir auszusetzen habe.

Hast du dich dafür entschieden, trete nimmermehr dagegen an.

Warst du zu jemand wohlgesinnt, so ist es gegenüber Mir gewesen.

Geht's bei dir bachab, kann es bei Mir auch aufwärts fliessen.

Bist du stark beringt, kannst du Mir gestohlen werden.

Im schlimmsten Fall verlierst du deine Haut, dein Geisteswesen aber bleibt erhalten.

Ich würfle nie um etwas, du zumeist um viel.

Mit vielem Bin Ich einverstanden, aber nicht mit deinem majestätischen Gehaben.

In der Rotunde wirst du dich wohl besser fühlen als im eckigen Verlies.

Im Wirkkreis deiner Taten gibt es noch viel Ramsch zurecht zu biegen.

Was immer dir gehört, muss auch gehörig Mir gehören.

In Minne miteinander gehn ist besser als in hundert Widerständen.

Wenn keiner dich erhört, Ich will es tun aus tiefsten Seelengründen.

Es liegt Mir sehr daran dich über alles aufzuklären, was in dir brodelt ausser Mir.

Noch scheint in weiter Ferne, was du so begehrst, doch in Wirklichkeit ist es ganz nah.

Mit Pauken und Trompeten prellst du vor, Ich aber habe Mich fürs Geisteswehn entschieden.

Nur mit Meiner Hilfe öffnen sich die Türen zur Unendlichkeit vor dir.

Mir machst du nichts vor, Ich hingegen kann dich noch mit vielem täuschen.

4.15

Womit Ich dich verseh ist Meinem lichten Wesen abgerungen.

Wenn Ich das Gotteswort verkünde, hörst du Mir auch zu?

Von Meinem Licht gestählt darfst du getrost in Himmelshöhn entschwinden.

Erkennst du deines Geisteswesens Fasslichkeit in Mir?

Bist du reif, lass Ich dich fallen in die Höh.

Willst du Mein Werk begreifen, stell dir was Übersinnliches vor.

Im Hause Meines Vaters darfst du wohnen wo es dir beliebt.

In Mir wirst du die Last des Kreuzes klagelos ertragen.

Was geschieht sowie du Mich verlässt, nichts mehr.

Ich ziehe dich in Meines Handelns Alchemie, um dir Unendlichkeiten zu erschliessen.

Leichtfüssig gehst du vor Mir her getaucht in Meines Lichtes Strahlen

Mein Edelmut beflügelt den Deinen bis zum Gehtnichtmehr.

Wie willst du Mir begegnen, wo du Meinen Strahlenkranz nicht siehst.

Aus elf mach zwölf, wo dir die Osterglocken läuten.

Notorisch soll dein Blick auf Meine Schönheit werden ohne andre Wahl.

Was Ich immer dir besorge, ist fürs Leben mild und wunderschön.

Du leuchtest hin und her und kannst doch ohne Mich den Weg nicht finden.

Im Grenzbereich verhalte dich recht still, damit Ich dich nicht überseh.

Sowie es um dein Wohlergehen geht kennt Meine Güte keine Grenzen.

Du hebst den Kopf und misst die Latte die's zu überspringen gilt, Ich aber setze Mich galant darüber.

Wo willst du wohnen, wenn die Heimat dir entschwunden ist, allein bei Mir.

Selbst die Fürstentümer liegen brach, derweil in Meinem Lande alles sprosst und blüht.

Auf welche Weise willst du reüssieren, taub für Meines Wortes lichten Strahl.

Das Jammern wird dir rasch vergehn sowie der Hufschlag Meinen Schimmel kündet.

Wer sich bei Mir niederlässt wird sogleich Meine Güte spüren.

Der Sieg der Ordnung liegt sowohl in deinen wie in Meinen Händen.

Zur gewohnten Stunde will Ich dir das Unermessliche bescheren.

Auf bald empfehl Ich Mich, wenn du's nur glauben willst in deinem Wähnen.

Mir machst du nichts vor, vielmehr hinkst du ständig hintennach.

5

In Meinem Strahlen ist gut leben

5.1

Mit allem was du weisst, kommst du nicht weit, da muss Ich dir konstant zu Hilfe kommen.

Ich halte Mich für pflichtig, dir in deinen Nöten beizustehn, Unendlichem entgegen.

Willst du sein, so lasse dich von Mir ins Reich des Geistes führen.

In Meinem Strahlen ist gut leben, wenn du es erfährst.

Was du an Mir findest ist das wunderbare Geisteslicht in dem Ich wese.

Genügsam Bin Ich, wenn es darum geht, Mich aufzuspielen.

Ich traue dir Enormes zu mit deinen mannigfachen Fertigkeiten.

Wohin bist du entschwunden, Ich verschwinde nie.

Lass es gut sein, wenn du Mich nicht siehst, dafür kannst du Mein Dasein innig spüren.

Was *Ich* bewertet habe kommt Mir nimmermehr davon.

Gestählten Blickes sollst du in die Runde schweifen, wo du Meine märchenhaften Werke siehst.

Vollbringst du etwas, was sich lohnt, will Ich dich dafür aufs Trefflichste belohnen.

Im Handumdrehn bist du ein Alles oder Nichts, will Ich dir sagen.

Errate du Mein Wesen als das Deine wunderbar.

Verzage nie, es könnte dir auf ewig schaden.

Sternengold ist die bare Münze mit der Ich dich bezahle.

In welchem Glauben bist du aufgezogen? Es gibt nur einen, Mir entgegen.

Majestätisch tret Ich auf, wenn es denn sein muss, deine Ehrfurcht vor Mir zu vermehren.

In *Meine* Saiten sollst du greifen, Harfen gibt es schon genug.

Das Tapfere ist bei Mir dominant, dir genügt noch allzu oft das Weichen.

Mit Geisteslicht versehn kannst du getrost in Meine Tiefen schauen.

Ich bestätige dir was du Bist ob deiner Treue Meinem Reich entgegen.

Wandle dich und gleich dich Meinem Wandel an.

Was Ich dir verehre sind Gedanken von enormem Wert für dein himmelweites Reüssieren.

Meine Mode ist nicht neu, dafür aber wird sie ewig währen.

Ich begründe alles mit der Fingerfertigkeit, die Ich Mir angeeignet habe.

Von Meiner Warte aus gesehn ist alles Leben licht und morgenschön.

5.2

Ich sehe dich wie Einen der mehr sollte als er tut.

Es gibt ein Freifach für dich das da heisst: Vertraue Mir allein in deinen Wirklichkeiten.

Es geht dich alles etwas an so wie *Ich* dich durch das Leben führe.

In Meiner Klasse bist du bestens aufgehoben, weil sie klasse ist von Mir.

Ich presche immer weiter vor, um dir den rechten Weg zu weisen.

Verpflegung gibt es bei Mir bis genug, nur musst du selbst die rechte für dich wählen.

Meine Worte ziehn dich an und bleiben immer an dir hangen.

Ich gleite still an dir vorüber, kaum ist ein Hauch dabei zu spüren.

Was Ich immer wiederhole prägt sich dir am Tiefsten ein.

Ich präsentiere dir im Hier, was Ich von höchsten Höhn herunterhole.

Wenn du versagst, kann Ich nur noch halbwegs mit dir gehn.

Ich komme wie gerufen, wenn zu viele Stürme dich umtosen.

Ich erhelle dein Gedankenleben, wo Ich kann, mit Meinen köstlichen Ideen.

Meine Bande sind dazu bestimmt, dich gehörig auf die rechte Bahn zu bringen.

Wenn die Berge vor dir schwinden, zieht der Friede einer weiten Landschaft in dich ein.

Ich erwarte dich an jedem Kreuzweg, um dich sicher heimzuführen.

Wofür du immer streitest, Bin Ich alleweil bei dir.

Ich verberge Mich vor dir, um Meine Gotteswürde zu bewahren.

Willst du in der Fülle Gottes leben, trete unbeirrt an Mich heran.

Jede Hoffnung ist ein Bijou, das aufs zärtlichste von dir gepflegt sein will.

Was immer dir geglückt ist, kann nur von Meinem Glücke kommen.

Trittst du vor, so trete Ich zurück und vice versa.

Was immer übrig bleibt sollst du auf rechte Weise zu verwenden suchen.

An deiner Pflege ist mir viel gelegen in der Herzensruh.

Was bringt dich wahrhaft weiter, wenn nicht Meines Wirkens weit gedehnter Strom.

Niemand hindert dich daran auszuflippen und Ich flippe alles wieder ein.

Was in dir rumort ist auch von Meinen Gnaden und erweist sich schliesslich doch zu deinem Wohl.

Meine Stärke liegt im Keimen, deine hoffentlich im Blühn.

Wer vertraut, ist stets bestrebt etwas aufzubauen.

Was immer in dir blüht ist von Meiner Hoffnung angetrieben.

5.3
Was Ich dir verkünde, ist ein veritables Hochgebet aus Meinem Mich-Begründen.

Du versteifst dich auf so vieles, was *Ich* locker und gelassen nehme.

In Mein Reduit zurückgezogen lasse Ich den Weltlauf wohlgemut Parade laufen vor dem staunenden Gemüte.

Weltliche Bedenken sind bei Mir tabu, derweil Ich frohgemut im Götterkreis verkehre.

Eine Binsenwahrheit ist es, dass Ich Bin, doch du weigerst dich, es anzunehmen.

Sehr geschäftig gehst du her und hin und pflegst dabei Mein Wort zu überhören.

Ich führe dein Gedankenleben Meiner Stätte zu, um dich von den Drängeleien des profanen Lebens zu befreien.

Wirkungsvoll und wahr ist alles, was Ich an Mir habe, dir zu Ehren.

Bis zur Mitte sollst du Mir entgegenkommen, wo Ich seit Äonen throne.

Wer sich dem Allhöchsten weiht wird aller Sorgen subito enthoben.

Fühlst du dich frei, so ist das nur auf Meine Liebenswürdigkeit zurückzuführen.

Was dir im Sturm gebricht ist Meine Hilfe, wenn du sie nicht suchst.

Wer drängelt läuft Gefahr blamiert zu werden.

Bist du hungrig suche Brot statt Steine im Quartier.

Wo Gefahr ist halte dich nicht auf, um deren Hilfe zu gewinnen.

In vielen Fällen bist du wie ein Kind und tapst in Fallen die verführerisch am Wege stehn.

Mustergültig bist du nur mit Mir im Bunde auf des Lebens Pilgerfahrt.

Was du nicht kennst, sollst du nicht definieren.

Woran wirst du Mich erkennen? An der Schärfe, mit der Ich dir in beide Augen seh.

Mit der Wahrheit kannst du viel erreichen, mit der Liebe noch viel mehr.

Ich dominiere ständig mehr bis klar ist wer der Herrscher ist im Hause.

Mit Wohlverstand ist vieles zu erreichen, mit Intuition noch mehr.

Wer prüft die Güte der Gedanken? Ich sowie Mein ganzes Heer.

Nun gilt es tüchtig aufzudrehn, damit der Bau vollendet ist im Nu.

Mein Licht strahlt wie die Sonne über Berge, Wald und Fluren.

Ich rette dich galant ins ewige Genügen.

Von Mir aus kannst du weitergehn, doch halte *Ich* die Zügel.

5.4

Ausgezeichnete Manieren sind vonnöten im Verkehr mit Mir und Meinen Seinsvasallen.

Was klopft dein Herz so sehr, wenn Ich ihm durch Mein Dasein neuen Schwung verleihe.

Begehrst du Mich zu sehen, kann Ich dir eines Meiner Wunderwerke zeigen.

Im Dialog mit Mir erfährst du endlich, was du Bist, mit allen seinsgefütterten Schikanen.

Auf Treu und Glauben vertraue Ich dir Meine Schätze an, sie merklich zu vermehren.

Es weht ein neuer Wind um deine Nase und versieht dich mit der Hoffnung zauberhaftem Spiel.

Ich wirke Wohlfahrt überall in Meines Daseins Räumen, auch in dir.

Meinen vollen Herzensfrieden send Ich dir in deine maledetten Tiefen.

Was immer dich bedrängt erweist sich später als Beförderung zum Wohlgeraten.

Durch dein Verhalten sollst du eine Augenweide für Mich werden im erhabnen Seinsverkehr.

In Meinem Milieu sind Hoffnung und Entsagen Trümpfe von besond`rer Qualität.

Brauchst du Mich, so Bin Ich immer disponibel für dein Weh.

Solang du Bist, sollst du von Meiner Grazie zehren.

Auf Mein Wort Bist du für gesittet und famos geworden.

Ich pflege Mich auf keinen Fall an dir zu rächen, hätte Ich auch manchen Grund dazu.

Oft ist es gut du legst dich nieder, damit Ich dich mit neuem Mut bedienen kann.

Was hinter den Kulissen abläuft, soll dir vordergründig werden auf des Lebens Kapitol.

Ich berichtige, was fehlgelaufen ist in Welt und Wirtschaft, neuen Harmonien zu.

Wie stehst du träg herum, Mein Lieber, ohne dich für Meine Welt zu rühren.

Klipp und klar will Ich dir sagen, wo es lang geht, damit du dich nicht rechts und links verlierst.

Immer mehr kommt es auf dich alleine an, um im Geisterreich zu reüssieren.

In Meinem Denken bleibt vor allem anderen das Köstliche bestehn.

Mein Minnesang erhebt sich traulich über dir und deinen Wünschbarkeiten.

Was immer Ich für dich erringe, soll dir eine wahre Herzensfreude sein.

Jedem Ende ist bei Mir ein wundervoller Neubeginn beschieden.

5.5
Gottgefälligkeit im Grünen rat Ich dir zu zelebrieren, damit deine Lebenstage immer heit`rer werden.

Ich bekümm`re Mich um jedes Gran von Meinem göttlichen Gewichte, es zur Friedefertigkeit emporzuheben.

Ich reagiere sehr empfindlich, wenn es um die Wohlfahrt Meiner Lieben geht auf Erden.

Mit Kraft und Wohlgefallen pflege Ich die Stellen zu besetzen, auf die es ankommt in des Lebens Weltgravur.

Nicht mehr tändeln sollst du vor Mir her, sondern handeln kreuz und quer.

Was in Liebe erblüht, wird in lichter Schönheit enden.

Pflichtbewusst sollst du dich stets verhalten, wenn es um die Freundschaft mit Mir geht.

Morgen schon kann es um dich geschehen sein, deshalb sollt du`s heute noch in Ordnung bringen.

Kannst du schweigen, vertraue Ich dir auf der Stelle manch Geheimnis an.

Liebenswürdig sollst du sein, vor allem denen gegenüber, die dich einst geschaffen haben.

Musst du dich entscheiden, lässt du dich am sichersten von Mir beraten.

Nicht um alles in der Welt lass locker, wenn es um das ewige Gesunden geht.

Kein Zwiespalt ist so gross, als dass er nicht bereinigt und geschlossen werden könnte.

Wenn es spitzig wird, heb deinen Schild und lächle Versöhnen hervor.

Meister sein ist jedem möglich, der sich ein Leben lang darum bemüht.

Was bildest du dir ein, du könntest reüssieren ohne einen Finger dazu zu bewegen.

Nun gilt es ernst, wo du erkannt hast, dass *Ich* hinter allem steh.

Willst du mit der grossen Kelle schöpfen, fang bitte mit dem Dessertlöffel an.

Wo Mut vorhanden ist, wird es an Erfolg nicht fehlen.

Nur das Eine will Ich noch bemerken: Wandle wie auf Kohlen, aber zünde sie nicht an.

Ganz anders herum gedacht kommt meistens besser heraus als so.

Wohin geht die Reise Kapitän: Ins unendliche Erleben.

Voll Mut die Füsse fest im Bügel kann es nur noch vorwärts gehn.

Fühlst du dich auserwählt, besinne dich auf grandiose Taten.

Versammle liebevolles Volk um dich und du wirst stillen Herzensfrieden ernten.

5.6
Was du immer feierst, fei`re Ich im Hintergrund mit dir.

Versenke dich in die Betrachtung Meiner Werke und erlabe dich daran.

Ich setze Meine Werte im Verborgnen ein, du geruhst damit zu prahlen.

Was immer Ich verkünde, offenbart die Weltenweisheit um sich her.

Kriegst du was Grosses hin, kannst du dich ruhig auch bei Mir bedanken.

Schütte niemals Oel ins Feuer, denn es könnte unverhofft auch dich verzehren.

Das Wandelbare ist bestimmt bald wieder zu vergehn, Mein Reich jedoch trägt Ewiges in seinen Zügen.

Was immer Ich vermittle, wird zum Mittelpunkt in deinem Streben.

Ich fordere von dir nichts weniger als Offenheit und Weltenliebe, Loyalität und freies miteinander Wirken.

Den Umgang mit Mir magst du auf die leichte Schulter nehmen, das Resultat jedoch wiegt zentnerschwer.

Ich folge dir auf allen deinen Wegen und wo es Not tut trete Ich entschlossen für dich ein.

Was du als Sachverstand bezeichnest ist für Mich nur ein verheerendes Blabla.

Ich schütze deine Werte, damit sie ewig weiter wirken.

Mach nur weiter so, du bist schon lange auf der Liste der Getreuen eingeschrieben.

Unverletzlich trittst du jeder Not entgegen, wenn du von *Meinem* Mass erfüllt bist und Erlaben.

Das Gotteswohl weiss wunderbar, dich von dir selber zu erlösen.

Auf der Such nach dem Glück musst du auch lernen Unglück tapfer zu ertragen.

Auf keinen Fall verlierst du Mich, wenn du sonst alles hast verloren.

Ein Schuss, dann Stille wieder ganz naturgemäss.

Wo es blitzt und donnert, muss auch Edelmut vorhanden sein.

Ich nehme dich beim Wort, wenn du von Lauterkeit und Liebe spintisierst.

Grosse Worte wirken oft das Gegenteil, wenn sie auf die falschen Ohren treffen.

Wen Ich schütze kann getrost durchs Flammenfeuer gehn.

Glaubst du dich erhaben, kann doch mancher Ungeist in dir wühlen.

Hast du noch so lange Beine, komm Ich immer vor dir an.

Den rechten Ton zu finden ist oft schwierig im brisanten Wortgewoge.

Mit Mir kannst du ruhig übers Wasser gehn ohne zu versinken.

5.7

In blanker Majestät geh Ich voran, du brauchst Mir nur geflissentlich zu folgen.

Mein Paket ist fest verschnürt, wenn du es öffnest, wird dich eine Dosis wunderbaren Seins beleben.

Ich eröffne dir die Welt so wie sie wirklich ist in Meiner Grazie und ihrem liebevollen Wohlbehagen.

Worum du dich zu kümmern hast, will Ich dir auf dem Weg dahin besagen.

Kommst du in Meine Gründe, nimm die Laute mit, die Seinswelt zu beglücken.

Auf hohem Seil Balance halten ist Meines Götterseins bewundernswertes Spiel.

Nicht umsonst soll Ich geblutet haben auf dem Weg ins ewige Genesen.

Woran *Ich* Mich erlabe soll auch dir unendliche Erleichterung bescheren.

Im Fluss der Zeit zieht alles Mögliche an dir vorüber, dich zu erwecken über alles Mass.

Jeder deiner Geistessiege bringt dich näher Meinem Schoss.

Wohlgefällig richte Ich Mein Augenmerk auf deine Künste und veredle sie.

Kommst du mit einer neuen Idee, will Ich sie bis ins Detail auseinandernehmen.

In weiser Voraussicht gebe Ich dir nur bekannt, was du verkraften kannst, mit deinen zimperlichen Nerven.

Auf gut Glück will Ich Mich mit dir vermählen ohne jeden Vorbehalt.

Wo du schwindest, geh Ich auf in Glanz und gloriosen Kostbarkeiten.

Mittlerweile soll es auch dir klar geworden sein, dass *Ich* in jeder Hinsicht dominiere.

Du bist der Vielfalt Meiner Züge unterworfen, ohne sie zu sehn.

Wo's dich zwickt will Ich dich gerne kratzen, fürderhin.

An Edelmut soll es nicht fehlen, wenn Ich dir partout die Stange halte.

Worauf du achten sollst ist, dass dich Meine Güte und Gerechtigkeit ohn` Unterlass umstrahlt.

Ich bringe dir nichts aus, was andere nicht wissen sollen, deinem Seelenheil zulieb.

Das Vorteilhafte an sich wirst du von Mir kriegen.

Weisst du's denn: Du Bist in einem steten Götterdialog begriffen.

Mein Gewissen setzt sich jedem Unverstand brillant entgegen.

Was Ich dir verehre, kommt schlussendlich allen zu.

Unter Meinem Einfluss mehrt sich ständig dein Vermögen.

5.8
Willst du zahm sein, wie's die jungen Katzen treiben?

Ohne Rügen kommst du nicht vom Fleck, du selber musst sie dir erteilen.

Der Zweck der Hoffnung ist's, dich Meinen Zielen zuzuführen.

Was immer Mich bewegt, soll auch dich in Wallung bringen.

Allwo es grünt, bist du von Mir zu Fortschritt eingeladen.

Mein Sinnen trifft auch dich in voller Fahrt voran.

Hast du je Mein Licht gesehn, ist in dich die Sehnsucht nach der Höhe eingefahren.

Mein Bewundern gilt den Kühnen, die konstant auf Meinen Wegen schreiten.

Hin und wieder mässige den Lauf, um Mass zu halten.

Die Etikette schreibt dir manches vor, was bei Licht betrachtet Lächeln zeitigt.

Überwinde deine Grenzen hin zu Mir.

Mit was Ich dich begabe, ist Meiner Eigenheit entnommen nach wie vor.

Stolziere nur nicht allzu sehr daher, um dir selber zu gefallen.

Willst du Mir genehm sein, hüte dich zu sicher aufzutreten.

Ich weise jeden zu sich selbst zurück der glaubt, er müsse Mich belehren.

Streite nicht um nichts, sonst könnte es dich alles kosten.

Sei auch du bestrebt Mein himmelblaues Banner in Betrieb zu halten.

Die Welt ein Zirkus, eben auch mit dir in der Manege.

Willst du fündig sein, beginne nicht am falschen Ort zu suchen.

Was *Ich* betone klingt köstlich über alle Lebewelten hin.

Neider gibt es viele, wenn einer sich zu Meinen lichten Höhn erhöht.

Mein Wille zeigt die Richtung an in der es lang geht, wirst du ihr auch folgen?

In guten Treuen zieh Ich vor dir her und hoffe dich im Gleichschritt mit den Meinen.

Gar vieles, was du antreibst, würdest du wohl besser bleiben lassen.

Meine Wendungen sind dazu angetan, dich sicherlich ans Ziel zu führen.

Nun sieh mal her, auf einmal bist du frisch und frei und fromm geworden.

Seit wann können Schwäne singen, seit du ihnen zuhörst im Geheimen.

Ich verbreite Meine Theorie, an alle die sie herzlich hören wollen.

5.9
Willst du dich mit Mir vergleichen gleiche dich zuerst Mir an.

Ich trete vor, um dich vor Unheil und Gefahr zurückzuhalten.

Spruchreif ist bei Mir wovon noch all so viele freche Sprüche durch die Welt kursieren.

Womit bist du begabt, mit dem Ich nicht schon längst auf'sTtrefflichste gepunktet habe.

Der Ungeist will dich an der schwächsten Stelle reichen, doch Ich stärke sie beizeiten zu deinem ultimaten Wohl.

Bei Mir ist schon zur Tradition geworden, was bei dir schon in den Kinderschuhen stecken bleibt.

Das Allgewaltige tritt bei Mir schon im geringsten Detail sonnenklar hervor.

Ich komme jedem auf die Schliche, der auch noch so sehr versucht ist wegzuschleichen.

Was Mich prägt sind die enormen Wünsche, die Ich für die Weltenzukunft in Mir hege.

Tendenziöse Schriften sind bei Mir tabu, bei dir seh Ich sie auf dem Tischchen liegen.

In Rührung brech Ich aus, wenn Ich das Elend schaue in der Welt, das von Meinem Freisein aus geschah.

Willst du wissen, wie es um dich steht, musst du nur Lokalpolitik treiben.

Machst du nur so wenig deiner Fehler wieder gut, wird das kaum fürs ganze Leben reichen.

Ich erlebe, was du lebst und wende vieles bis zu allerletzt zum Guten.

Ich prüfe dich, damit du lernst dein Tagewerk voll Sorgfalt zu begehn.

Schlenderst du nur so umher, will Ich dir nächstens Beine machen.

Mit Warten ist nicht viel getan, mit Durch-die-Sümpfe-Waten aber schon.

Ich kläre deinen Himmel auf, damit an ihm nur noch die lichten Sterne walten.

Ein wahre Kunst ist es, wie Ich zu sein und eine ganze Welt im Blick zu halten.

Ich gratuliere jedem der sich anschickt etwas Rechtes auch für Mich zu leisten.

Ich ersehne förmlich jenen Tag an dem du anfängst Mich in dir zu schauen.

Von Rettung keine Spur, solange du nicht aufhörst, Mich tagtäglich zu verhöhnen.

Ich Bin vor aller Welt solvent, derweil du immer weiter dich verschuldest.

Wer kann dich besser an die Zügel nehmen als Ich, der Ich dich kenne durch und durch.

Meine Werke ragen hoch, derweil die Deinen noch zutiefst im Boden stecken.

Sei erlöst in Meinem Namen.

5.10

Spürst du den Schlaf, kannst du genauso gut auch zu Mir kommen, wo die roten Röslein blühn und die Zikaden ihren Minnesang vollführen.

Gibst du nach, so fröne Ich der Seinsbewusstheit ohnegleichen.

Meine Schwünge sind der Schwung an sich in Meinem übersinnlichen Betrieb.

Wie fassest du dich auf: Gestillt im Wandel durch den Zauber Meiner Liebesgärten.

Schätzest du dein Los, erhellt sich dir der Tag und du bist ganz zufrieden.

Was du im Wohl beginnst, wird auch in Herzensfreude enden.

Gibst du dich hin, so läuft dir nichts mehr quer.

Lebst du in Gedichten, kann dir zum Herzensfrieden
nichts mehr fehlen.

Weihst du dich dem Herrn, wird er dir alles Glück
der Welt vergeben.

In der Wohlfahrt der Gefühle darf Ich mich zu tiefst
erleben.

Wozu bist du geneigt, wenn nicht Mir vollends zu
gehören.

In wacher Euphorie siehst du dich in den Himmel
aufgehoben.

Nicht Klugheit, sondern Herzensgüte ist dein
ultimates Los.

Im Seinsgewissen wallen dir die trefflichsten
Gefühle liebevoll entgegen.

Die Herzensandacht füllt dich aus bis zu den
Sternen.

Wohl dem der sich zu Mir erhoben in des Herzens
Sanktuarium.

Bist du mit Mir verbunden, hüllt dich der ewige
Frieden ein.
Von Mal zu Mal darfst du dich freier fühlen in der
Freiheit der Natur.

Was schmiegt sich näher an Mich an, wenn nicht das Wunder reinen Seinsgefühls.

Ich sehe helle Friedenstauben dich umschweben.

Machst du es kurz, so will Ich deine Seligkeit in unbestimmte Länge ziehn.

In diesem wie jenem Leben darfst du dich ganz dem reinen Glück ergeben.

Was du hier betrachtest, ist der Zustand götterlichter Euphorie.

Du erkennst dich immerzu aus reiner Fülle Unterweisen.

Ich wiege dich im Gleichschritt mit den Meinen.

Aufgefahren bist du, wenn du *Meine* Kräfte in Mir walten siehst.

In milder Wonne darfst du künftig in Mir weilen.

Auf göttlichen Befehl erlangst du Seligkeit und Herzens-frieden.

5.11

Ich verteile Rat an alle suchenden Gemüter ohne nach der Zeit zu fragen.

Ich engagiere Mich für vieles, was du mitnichten noch verstehst.

Was dir anhängt hängt beständig auch an Mir, den Fortschritt zu gebären.

Mein Wesensein erfährt sich ständig in unendlicher Manier.

Die Ordnungen des Himmels sind dem angemessen was Ich Bin in Ihnen.

Was hier geschieht, geschieht allüberall im selben Keimen.

Die Maxime lautet in der Tat: Ich Bin befugt Mich ins Unendliche zu dehnen.

Das Ausgezeichnete erhebt sich aus sich selber im Verlauf der Weltenzeiten.

Die Erfahrung ist in dir belegt und kann nimmer von dir weichen.

Meine Güte raschelt in der Deinen und erzeugt ein göttlich Wohl.

Wer im Rat der Götter sitzt, kann im All befehlen.

Wer singt Mein Lied, den kann Ich von sich selbst erlösen.

Es liegt Mir daran, dir für jeglichen Erfolg geziemend Glück zu wünschen.

Von langer Hand bereitet sind die Dinge Meiner Zunft und Zünftigkeit, damit sie allezeit florieren.

Wie bringe Ich dir bei, so richtig über deinen Reichtum zu regieren.

Was Ich dir warm empfehle ist die Bildung eines Hofrats für dein Seelenwohl.

Mit deinem Esprit kannst du viel erreichen, mit Meinem aber noch bedeutend mehr.

Fühlst du dich beschlagen, wisse, dass *Ich* dir dazu die Nägel reichte.

Im Prinzip sind wir zutiefst vereint, nur willst du es partout bestätigt haben.

Ich lege Wert darauf, dass du Mir von deinen Reisen schriftlichen Bericht erstattest und von den Spesen noch dazu.

Erkenne: Nur der Liebe reiner Strahl kann helfen.

Was kann mehr von Nutzen sein, Mein Wort oder deine lächerlichen Phrasen.

Geduld erproben bringt der Seele aberviel.

Wo's mit rechten Dingen zu- und hergeht, kannst du Meine Gegenwart erfahren.

Ich berufe Mich auf die Gottseligkeit, die Ich Mir zugeeignet habe und verströme sie.

Fatalismus kann nichts bringen, tiefgefasster Glaube aber schon.

Kreuz und quer versuche Ich den Weltschmerz zu besiegen, auch in dir.

Unter Restauration verstehe Ich tief inniges Vertrauen als Idol.

5.12

Ich weise dich zurecht im Unrecht und erweise dir des Lebens Güte, wenn du spurst.

Was geschieht wenn Ich dich dir selber überlasse? Du unterschlägst oder überbordest immer mehr.

Lass dich nicht erwischen, heisst die gängige Parole, sonst gibt's Ärger hinterher.

Mobilität der Gedanken ist gerade soviel wie das gängigste Mobil.

Hast du etwas zerpflückt, musst du's auch wieder in Ordnung bringen.

Eine kräftige Stimme hast du schon, nun sollst du dazu noch kräftige Arme erwerben.

Welche Rechnung geht am besten auf: Die ohne Zahlen.

Meine Gespinste entwirfst du am besten im Schlaf.

Brauchst du`s halt, so kannst du nicht bis Morgen warten.

Begib dich niemals in Gefahr, ohne einen Schutz bereit zu halten.

Geh, sonst wirst du übergangen.

Benimmst du dich, muss Ich dir nichts mehr nehmen.

Je dunkler die Nacht, umso heller der Tag.

Bist du beritten, schreit Ich leichthin nebenher.

Im besten Falle hast du nichts mehr zu verlieren, im schlimmsten auch.

Meine Kategorie ist stets die Erste, derweil du mit der Zweiten vorlieb nehmen musst.

Bist du um umlagert, kannst du nur noch höhwärts fliehn.

Ohne Pausen geht es nicht, dann kannst du wieder sausen.

Bist du nicht auf den Kopf gefallen, können's nur die Beine sein.

Wovon du sprichst, kann Ich nur in Meiner Sprache recht verstehn.

Mit Meiner Hilfe wird dir selbst das Schwerste wohl gelingen.

In fabelhaftem Zustand find Ich dich, wenn Meine Lichter dich bescheinen.

Wozu die Eile, mit der Weile wirst du weiter kommen.

Mit gutem Willen bringst du dich dahin, wo *Ich* dich längst erwartet habe.

In Sicherheit zu weilen ist soviel wie nicht mehr weitergehn.

Mit Pfiff allein ist's nicht getan, du musst auch schweigen lernen.

Geradeso wie Ich sollst du die Gräben überbrücken.

Du windest dich voran, derweil Ich straight away das Ziel erreiche.

Meine Sache ist die Deine nicht, doch soll die Deine Meine werden.

Du gehst am besten vor, indem du dich zurück-hältst, bis Ich komme.

Aus dir wird endlich etwas, wenn du nichts mehr kannst verspielen.

5.13
Du musst unbedingt erwachen, um Meinen hellen Tag geflissentlich zu sehn.

Bahnbrechend Bin Ich überall, wo neue Pfade nötig sind.

Wenn du bauen auf Mich bauen willst, sind Meine Quader schon vorhanden.

Einfüssig hinke auf Mich zu und reüssiere.

Im Wandern bewandert, im Liegen versiert, Bin Ich wie gemacht für Gottestaten.

Nichts begrenzen sollst du, wenn es um Mich geht.

Grolle nicht, rolle still voran.

Glücklich und bewusst will Ich dich sehn in Meinen Applikationen.

Was geschrieben vor dir steht muss noch eingetrichtert werden.

Was belanglos ist lass fahren zu Gunsten Meiner majestätischen Doktrin.

Was Mich betrifft kannst du bedenkenlos aufs Ganze gehn.

Klaren Wein schenk Ich dir ein, den Becher jedoch musst du selber halten.

Bist du ausser Stande es zu tun, will Ich's gern für dich versuchen.

Moment mal, so hab Ich's nicht gemeint im schicklichen Zusammenfügen.

Der Gondoliere schiebt den Kahn, du aber darfst glückselig in ihm liegen.

Mit Harfenklängen will Ich dich begleiten, wenn du dich zur ewigen Ruhe legst.

Wie neu geboren trittst du auf in altgewohnter Seins-Manier.

Ich unterhalte dich, wenn du nichts weiter weisst zu sagen.

Was Furore macht ist meist im Nu erloschen und verjährt.

Kommst du zu spät, geschieht es oft, weil Ich zu früh gekommen Bin.

So richtig Angst musst du nie haben, solang du Meiner dich versiehst.

Bist du aufs Irdische fixiert, macht es dir Mühe Geistesschau zu halten.

Was dich von Mir berührt ist immer auch ein Wagen.

In reich verzierten Lettern leg Ich dir was Himmlisches vor Augen.

Wahre Grösse ist nur Meinerseits zu eruieren.

Was mit A beginnt, soll mit dem B nicht enden.

Viel Feingefühl tut Not, um Mich in dir zu finden.

Ich unterhalte bestens, was dich stählt, zum nimmermüden Vorwärtsgehn.

Meine Bünde ist ein Band von unverbrüchlicher Beständigkeit im Absoluten.

Ich zwinkere dir zu, um dir Mein Einigsein mit Mir zu rapportieren.

Voll Güte tret Ich vor dich hin, um dir Mein Nahsein vorzuweisen.

Damit ist alles gesagt.

5.14
Beeindruckt von der Fülle Meiner Werte teile Ich sie aus an alle die sie nötig haben.

Unbesiegt gehst du aus jedem Kampf hervor, den Ich mit dir teile.

Im Grund genommen sind wir alle aufeinander angewiesen.

Restriktionen gibt es bei Mir keine, ausser Denen, die Ich Mir selber auferlege.

Wenn du Mich frägst, ist Meine Antwort: Mein Reich ist wahrlich nicht von Hier im Andersartigen.

Ein Sekretär kann kaum genügen nicht um alles aufzuschreiben, was Ich in dich eingeschrieben habe.

Mit Mir im Bunde ist gut leben, sterben ebenso.

Alles hängt mit dem zusammen, was Ich Bin im Überirdischen.

Mit dem Himmel auf der Karte kannst du sicher fürbass gehn.

Wer *Meine* Werte kennt wird nimmermehr nach anderen suchen.

Was immer du entbehrst in dieser Zeit, wird dir in einer anderen von Mir zurückgegeben.

Meine Botschaft ist so klar wie Sprudelwasser in den Bergern.

Was Ich vor dir enthülle reicht für Ewigkeiten.

Meine Begriffe sind von klarer Fassung, deine sind ein Sammelsurium von ungehörigen Gedanken.
Mir ist schon klar worum es geht seit Ewigkeiten, dir nicht einmal seit gestern.

Betest du zum Himmel, kann es genauso gut zum Geldsack sein in deinen Fantasien.

Meinerseits will sich das In-dir-Eingekerkert-Sein verbreiten.

Bereite dich auf alles vor und sei dann auch mit weniger zufrieden.

Willst du im Lot sein, falle nicht auf jede schiefe Tour henein.

Bald wirst du siegen, bald unterliegen, beides aber steht in dir Mir zu.

Das Ringen um das Ideal ist sehr verschieden, je nach den Karten, die dir zur Verfügung stehn.

Das Gekrächze eines Raben will Ich nimmer hören, viel lieber dein vertrauliches Gebet.

Bleibst du dir selber treu, so Bin auch Ich Mir selber treu geblieben.

Die Medizin mag noch so sehr dieselbe sein, ihre Wirkung jedoch ist bei jedermann verschieden.

Kommt Zeit kommt: Rate mal?

Wir kennen uns doch lange schon, wieso verkennen wir noch immer was wir von uns meinen.

In vielem magst du Recht behalten in einem aber Bin *Ich* dran.
Geht's bei dir krumm, geht's bei Mir geradeaus inx Ziel.

Bei Mir gibt es nichts zu bedenken, weil alles schon glasklar vor Meinen Götteraugen steht.

Sag immer ja, ja, ja.

5.15
Wem spendest du dein Lob, dir selber oder Meinen allbegründenden Manifestationen.

Hast du Mein Sein begriffen, greifst du nimmermehr ins Irgendwo.

Ausgezeichnetes wirst du von Mir erfahren, wenn es dir beliebt, Mir zuzuhören.

Mein Bund mit dir wird ewig dauern, wenn du dich als standfest und loyal bewährst.

Meine Lichter sind allüberall verteilt und stehen so auch dir zu vollen Diensten.

Strengst du dich an, lass Ich dich Mein Bewundern innig spüren.

Sowie bei dir das Seelenvolle dominiert, kann Ich dich in die Sphären reinen Glücks erheben.

Jeder Narretei abhold begünstige Ich deine Geistesschritte bis zum Gehtnichtmehr.

Was vordem noch verwerflich war, wird unter Meiner Führung fabelhaft gedeihen.

Ich stelle richtig, was du als pervers betrachtetest, in deiner Ideologie.

Was du multiplizierst, ist meist für die Natur von argem Schaden.

Worüber du dich grämst ist oft ein Nichts gegenüber dem, wo *Ich* Mich grämen könnte.

Verzeihst du, kann auch Ich dir allerhand verzeihen.

Mein Bewusst-Sein bringt das Ganze regelrecht zusammen, derweil Deines es verstreut.

So wahr Ich Bin, besteht ein inniges Verhältnis zwischen dir und Mir im Unerforschlichen.

Was kann dich mehr begeistern als die Würde Meines Seins in deinem.

Der Nutzen Meiner Schicht ist unvergänglich strahlendes Erleben.

Befreiend wirkt, was Ich dir sage, wenn du's nur begreifen würdest.

Wo gehst du hin, wenn nicht im Sinne Meiner Botschaft ins unendliche Gedeihen.

Bist du auferweckt, kann es für dein Gewissen keinen Biss mehr geben.

Ich durchgeistige das irdische Fanal und lass es sich zu absoluter Friedefertigkeit erheben.

Was Ich einstens generiert und eingerichtet habe kommt erst jetzt so richtig zum Erblühn.

Meine Ziele sind die Deinen, wie du folgerichtig spurst.

Ich spüre dein Dich-selbst-Erheben und du,wie Ich hoffe, auch.

Meine Pläne sind perfekt auf eine Welt gerichtet von Erhabenheit und Herzensgüte.

6

Allrounder Bin Ich

6.1

Allrounder Bin Ich, ohne jemals zu ermüden.

Es schickt sich nicht für dich, vor Meinen Augen Jammer statt Vertrauen auszustossen.

Ich schätze, was Ich Bin, im Grenzenlosen, du wohl auch.

Was richtig ist halt Ich umfangen, das Schädliche lass Ich bachab fahren.

Mich wunderts wie die Sache ausgeht, wo noch so viel Verworrenes im Raume steht.

Greif zu, wenn Ich was Neues präsentiere, du könntest sonst verarmen.

An Meinen Grenzen hört das Leben auf zu sein, doch innerhalb wird es für immer glänzen.

Ich erzähle keine Märchen, weil Mich alleweil Wahrhaftigkeit beseelt.

Dem Wunder reinen Seins ergeben Bin Ich wach in überirdischer Manier.

Wo die guten Götter walten, breitet sich der Frieden aus und namenlose Harmonie.

Nach Meiner Ansicht muss es immer besser kommen, nach deiner vielleicht nie.

Lass die Konsequenzen deines Handelns mal auf sich beruhn und schmiege dich Mir an im Abergründigen.

Aus dem Geringen wird ein Grosses, wenn du ihm nicht zeitig Einhalt bietest.

Willst du verschwinden, wach in Mir auf und sei saniert für alle Zeiten.

Klage nicht auf Vorrat, denn er könnte dich erdrücken statt beglücken.

In Meiner Weise ist das Freundliche an sich verborgen, in deiner noch nicht viel.

Wo der Friede aufhört nistet sich Gesindel ein zum Gotterbarmen.

Siehst du dich nicht laufen, bleib um Gotteswillen stehn.

Lass Güte walten überall, wo du dich äussern magst, nach *Meinem* Beispiel und Umrunden.

Beginne klein wie Ich und wechsle dann zum grossen Stil.

O Gott, was kann Ich da noch ändern: Nichts und aberviel.

Ich füge nichts zu dem, was Ich für immer festgelegt und aufgeschichtet habe.

Beim Betrachten Meiner Kür, kürst du selber Gott-Gedanken.

Gehst du im Wildpark spazieren, sieh zu, dass dir nichts abfärbt von den Trampeltieren.

6.2

Sei liebevoll und frei im Umgang mit den Meinen.

Erhebe dich zu Mir und lass die alten Stricke fahren.

Bekennst du dich zu Mir, so lass Ich Mich erkennen Tag um Tag.

Blutjung und schon so klug, doch weise musst du werden.

Verzichte auf das Hasten und folge Mir abrupt, Ich mag nicht länger warten.

Was einfach ist gehört Mir an, mit dem Komplexen magst du Vorlieb nehmen.

Rede nicht, wenn alle schweigen, denn die Stille facht Mich an.

Das Mondgesicht ist fahl, du sollst dich besser an die Sonne halten.

Mit trübem Sinn erreichst du nichts, mit freudigem jedoch wird Friede walten.

Ich geselle Mich zu dir sowie du offen bist für Schmeichelungen.

Trägst du Sorgen rund herum, will Ich dich von Herzen eines Besseren belehren.

Brillant ist alles, was Ich mit Mir trage, komm und sieh.

Fürchte nicht, es könnte dir misslingen, solange Ich dir auf die Finger seh.

Geh aufrecht durch die Lebens Gassen und vergiss die Müh.

Was Ich bestreite, hat mit Streiten nichts zu tun, aber mit gottseligen Errungenschaften.

Im grossen Ganzen Bin Ich kraftvoll, mild und schön und Bin es bis ins Minikrime.

Meine Morgenstund hat silbriges im Mund, die Blumen zu bewässern.

Sei getrost und denk an Mich in deinen Wüsteneien.

Wo die Treue zu Mir waltet, wird sich die Waage in der Mitte halten.

Nach wieviel Ängsten kannst du endlich glücklich in Mir weilen.

Bevor du warst war Ich und hab dich seit du kamst noch nie verlassen.

Spute dich, wenn du den Anschluss nicht verpassen willst an Meine Präsentationen.

Nichts hindert dich getrost und willig einzugehn in Meine wundervollen Gärten.

Mein Standpunkt ist nicht mehr zu übertreffen, deiner schon.

Ich will dich lehren gut zu sein, dann wirst du auch von Meiner Güte zehren.

Mein Pfingsten macht es dir am ringsten ins Nirwana einzugehn.

Der holde Lenz ist so beschaffen, dass auch du davon goutierst.

Ich trage dich und frage dich fühlst du dich wohl dabei hienieden.

In allem Ernst versuche Ich, dich durch Mein Wort zum Handeln zu bewegen.

Mit Meiner Hilfe wird dein Weltsein traulich, licht und aberschön.

6.3

Es stimmt, Ich stimme mit dir überein in allen strittigen Punkten.

Ich warne dich vor dem Zuviel in jeder Weise deines Wirkens, es kann dich gar zur Strecke bringen.

Notabene, tröste dich über die Verluste und stelle sie bei den Gewinnen ein.

Zu vielem hin, doch nur an einem kannst du dich so recht erlaben.

Willst du Beständigkeit erlangen, sieh dir Meine Werte an und lasse dich von ihnen inspirieren.

Von den Dächern zwitschern es die Vögel, dass sie sind, um heiliges Entzücken zu verbreiten.

Mit Edelmut allein ists nicht getan, da muss auch kräftig zugegriffen werden.

Was vordem war, lass ruhig liegen, es könnte dir sogar im Wege stehn.

Aus eins mach zwei und füge es dann wieder fugenlos zusammen.

Hab Erbarmen mit der Kreatur, sie wird dir noch zum Heil gereichen.

Mit einem Lächeln schau zu Mir hinüber und sag dabei: Auf bald.

Willst du Trauben wimmen, warte bis sie reif sind für den Torkel.

Von der Melancholie lass dich nicht betrüben, durch freudige Gedanken überwinde sie.

Die Geschichte hat vor dir begonnen und für dich enden wird sie nie.

Was hierzulande gang und gäbe ist, mag anderswo den Rahmen sprengen.

Ich folge dir auf Schritt und Tritt, um dich im rechten Augenblick zu überholen.

Bist du zu lässig, wirst du gewiss von andern überfahren.

Wo *Mein* Wille gilt, können andere nicht mehr zur Geltung kommen.

Gefasst und wohlbedacht bestimme *Ich* die Sitten, die in Meinem Reiche herrschen sollen Tür an Tür.

Des Bleibens ist kein Ende, wenn du kommst dich bei Mir umzusehn.

Den Frieden zu erklären geh Ich aus und kehre oft mit wunden Händen wieder.

Meine Werke sind in dieser Welt von deinen leicht zu unterscheiden.

Wer Mich lobt, lobt auch sich selber in der Seins-Philosophie.

Quillst du auf, muss Ich dir rasch zu Ader lassen, damit nichts Schreckliches passiert.

Wer in Gefahr Mich ruft, hat immer eine gute Wahl getroffen.

Mein Dekret gilt unbeschränkt für jene die zu spuren wissen.

Derweil Ich deine Tage zähle, bleibst du ewig wach in Hintergründen.

6.4
Wo Klugheit versandet, kann Weisheit erblühn.

Du entscheidest, was du willst, in unzählbaren Botengängen.

Braucht es geistige Gesetze, Bin *Ich* es der sie führt.

Du kannst immer mit Mir rechnen, wenn's dir an den Kragen geht.

Ich rechne mit dir wie mit einem Grosswesir.

Steigst du bei Mir aus, bekommst du sogleich kalte Füsse.

Was Ich verkünde macht den Herzensfrieden aus, der dich beseelt.

Willst du wissen wer du wirklich Bist, fang bei Mir zu forschen an.

Bei Meiner Ehre sollst du dich platzieren.

Gehst du für Mich durchs Feuer, lass Ich Rosen darin blühn.

An Meinem Hofe kannst du Milde und Gehorsam akquirieren.

Ich stehe für dich ein, so wie es sich für Mich geziemt.

Aus Trümmern wirst du wie ein Phönix in Mir auferstehn.

Mit Mir vereint wirst du dich in den Geistessphären wiederfinden.

Unbill ist leicht zu ertragen, wenn *Ich* dabei zum Rechten seh.

Was Ich würdig finde findet Anklang überall wo Meine Seinsgesetze herrschen.

In vielem bewandert ist dir nur eines vonnöten, Mich zu sein im innersten Gefühl.

Wohlan Ich trete auf als einer der erkannt hat was er Ist im Weltenrauschen.

Das Wahrhaftige hat bei Mir immer Vorrang vor dem Seelenlosen.

In mancher Hinsicht muss Ich dich bewundern, in andrer nie.

Viel Leidiges musst du hier ertragen, Ich aber will es dir mit Himmelsglanz vergelten.

Ohne weiteres geht niemand bei Mir aus und ein, da will Ich auch ein Wörtlein dazu sagen.

Wo Ich Bin wirst du zuerst einmal in dir erfahren.

Bist du gescheitert ist auch Mir ein Blatt vom Zweig gefallen.

Meine Züge sind oft konzentriert und straff gezogen: Aber wie.

Wirst du Mir die Stange halten, wenn Ich mit Gütern voll an dir vorüberzieh.

Wie du kamst wirst du auch wieder gehn, nur reicher an Erfahrung.

Das mag dir oft gelingen, bei Mir jedoch wird nicht herausgeredet.

In Meinem Fall führt wieder Aufstehn zum ergötzlichsten Vergnügen.

6.5
Das Einzige was zählt sind Meine geistgesättigten Vibrationen.

Worunter leidest du, wenn nicht an Mangel an Kontakten mit dem Weltgenie.

Ich zweifle an Mir selber nie, derweil du hundertmal verzweifelst an der eignen Lebensstrategie.

Wo führt dich das noch hin, wenn du nicht besser weißt, dich vor Mir zu benehmen.

Ohne Zweifel lass Ich dich nicht gehn, weil Meine Liebeskräfte dich so sehr unranken.

Ich trete aus dem Hintergrund hervor und schon stehst du im lichten Sonnenscheinen.

Nimmst du Es persönlich, kann Ich dir dazu nur gratulieren.

Das Wesentliche in dir weist noch so viele Mängel auf, dass Ich dich dabei zutiefst begreife.

Mein Prinzip ist von dem Deinen so verschieden, dass es schwer ist einem Gleichnis auf die Spur zu kommen.

Nur ganz wenig von Verständnis wird dir bei Mir schon zum höchsten Lob gereichen.

Wie fange Ich`s nur an, dich von Meiner steten Gegenwart zu überzeugen.

Als Gereifter darfst du dich schon ein wenig vor Mir meinen.

In Meine Kategorie gestellt, wird dich wohl niemand mehr verachten.

Nicht müssig sein bringt Musse, bald aber auch die Tat.

Wo mehr bei Mir ist, ist bei dir oft weniger Bedeuten.

Was Ich zum lachen finde, treibt oft bei dir das Weinen an.

Ich unterschreibe nichts, was schaden könnte, dir aber geht darob die Tinte aus.

Oh holder Frühling, seh ich dich singen, derweil du nicht gewahrst, dass es schon Herbst geworden ist.

Zur Elite wirst du erst gehören, wenn *Ich* dir dreimal auf die Schulter schlage.

Von nah und fern grüsst du Mich gern, wenn nur kein Zweifel in dir wäre.

Wovon musst du denn ständig dich erholen, wo Ich dir soviel Geisteskraft verliehen habe.

Nach Mir ist stets zu schliessen, dass noch viel kommen wird im kosmischen Erspriessen.

Unter Freudenklängen gehst du still voran wohin Ich dich gezogen.

Ein Mehr an Seinsvertrauen schadete wohl nichts in deinen Mogeleien.

Ans Überirdische zu rühren tut dir wohl, im tiefsten Dich-Begründen.

6.6
Im Glück der Stunde Bin Ich licht und schön.

In Unendlichkeiten darf Ich Mich verstrahlen.

Wie die lichte Sonne darf Ich Meine Geistesgegenwart ins Weltall strömen.

Danke danke, dass Ich glücklich Bin.

Glückseligkeit und Herzensfrieden.

Ich Bin All-Wesens Glück- und Lichtverstrahlen.

Weltenlicht und Liebesstrahlen, glückverheissende Synthese.

Licht und Selig in der Einheit mit dem Leben.

Wie willst du dich vor Mir benehmen, wo deine Welt im Liebesglück erstrahlt.

Ich verweise auf den guten Ton, mit dem Ich alles untermale.

Was kennst du noch von Mir ausser gloriosem Licht-Erstrahlen.

Worauf willst du bauen, wenn nicht auf Meine Huld im Absoluten.

Ohne Meinen Einfluss kommst du nicht voran mit deinem Drängen.

Wie willst du denn entsagen, wo Meine Fülle dich umflutet.

Meine Weltenliebe kann mit nichts verglichen werden im erstrahlenden All Hier.

Das ABC der grossen Geister ist von Mir erfunden und belebt.

Ohne Regsamkeit kannst du nicht froh sein über gute Taten, sieh dich vor.

Ich gratuliere dir zu dem was du schon Bist, doch muss es noch viel besser werden.

Mir mangelt nichts, sollst du dir sovielmal besagen, bis du`s nicht mehr zählen magst.

Was ausserhalb von dir geschieht soll dich nicht quälen, jedoch was innen schon.

Ich sende Licht in dein Verlies und hebe dich empor in Mein berühmtes Mich-Verstrahlen.

Melde dich bei Mir und empfange Rat vom Besten jetzt und hier.

Jede Willkür ist Mir fremd, wenn Ich ein Urteil fälle, seinsgerecht und lieb.

Ich ziehe dich hinan, wo Lauterkeit und Friede herrschen.

Lerne Achtung vor den Sternen, denn Ich nähre sie.

Trost will Ich dir senden durch den Christusgeist in dir und seinem Dich-Umkreisen.

Solange will Ich dir erklären, was du Bist, bis du's begriffen hast an Meiner Stelle.

Was du immer nötig hast, will Ich dir von Herzen gern besorgen, um der Liebe Gottes willen.

In allem Ernst betätige Ich dir was du schon weisst von Meinem fabelhaften Mich-Verschenken.

Bist du auch verlegen, Bin Ich`s noch viel mehr, wenn es um geistige Begriffe geht im Erdenleben.

Was gilt`s, Ich bring dich noch zum Singen über deines Schicksals segenvolle Tradition.

Siehst du Meine Lichter blinken auf der Fahrt ins Paradies.

Was immer dich bewegt kommt aller Welt zustatten wohlgemut in Mir.

Auf die Düfte kommt es an, wenn du an Mich denkst, um dich zu erhöh`n.

Ich breite alle Meine Pläne vor dir aus, um dich göttlich zu belehren.

7

An der Reling steht ein Fremder

7.1

Was immer du erfindest, findet seinen Widerhall in Mir.

Was *Ich* leiste ist unmöglich über einen Leist zu schlagen.

Mit wachem Ernst steh Ich vor dir und versuche dich fürs Ganze zu gewinnen.

Was trendig ist, ist meist nicht von der besten Sorte wie Ich seh.

Das Warum lässt du am besten bleiben, weil es doch nicht zu Mir führt.

Ferienhalber sollst du nicht zu oft verreisen, weil dir dann die Zeit zum Wirken fehlt.

Nicht mit Grimm sollst du dein Tagewerk beginnen, sondern mit der Liebe lichtem Strahl.

Was Ich dir gestatte ist die Heiterkeit die dich beseelt, wenn du im Herzen wahrhaft gut gewesen.

An der Reling steht ein Fremder und dennoch ist er dir schon längst bekannt im Andersartigen.

Deine Mutter sollst du loben, weil sie dich so liebevoll zu Welt gebar.

Das Christuswesen zieht auch dich zuinnerst an, weil es dich weiterführt in deinen Niederungen.

Soviel Ich weiss Bist du darauf versessen dich zu sein, derweil es besser wäre Mich.

Ich kann dich nie ins Bodenlose fallen lassen, weil es bei Mir nicht existiert.

Gottseligkeit im Herzen, wenn das Morgenlicht. strahlt.

Was ideal ist muss Ich dir nicht sagen, nur solltest du es tun.

Worüber wunderst du dich , wenn es doch schon alle Hähne von den Dächern krähn.

Eine kleine Weile noch und du bist fähig, vollends über deine Taten zu verfügen.

Wenn es brennt, Bin *Ich* zur Stelle vor der Feuerwehr.

Schön der Reihe nach lass Ich alle vor Mir paradieren, zirkular.

Schweifst du auch in die Ferne seh Ich dich doch immer in der Näh.

Kontinuierlich überwach Ich Meine Gärten, ob Ich dich darin spazieren seh.

Was *Ich* einmal begründet habe, ruht auf festem Grund für alle Zeiten.

Schon von ferne grüss Ich dich in Meiner Näh.

Ich führe eine Tabelle, wo Ich jede gute Tat von dir notiere.

Schreiben ist so schön, weil Ich nicht mehr das Feuer fürchten muss deswegen.

Grazie mille sollst du täglich tausendmal singen.

7.2

Besät sind Meine Böden und vom Gottesglanz beseelt, um reiche Frucht zu tragen.

Was immer du entdeckst, ist von Mir aufgeschüttet worden.

Ich lege, was Ich Bin, in eine Menschheit, um sie tiefinnig zu beglücken.

Was immer dir noch fehlt, will Ich voll Zuversicht besetzen.

Ich grabe abertief, um dir die reinsten Schätze tatenfroh hervorzuholen.

Mein Tierkreis reiht sich sonnig durch All Weiten.

Aus steter Eile schaff Ich wohlerwogne Ruh, die Innigkeit zu stärken.

Mach auf mach zu und erlabe dich am Werk, das du vollbracht.

Dir stehen Myriaden guter Geister zur Verfügung, wenn du sie nur rufst, dir beste Dienste zu erweisen.

Ich häng dir einen Mantel um mit Quasten kaum zu zählen für den Gang zur Krönung deiner Kür.

Meine Dichtung ist so Kriolin wie keine andere im Land der Sagen.

Verstehst du Mich, hast du bei Gott schon alles regelrecht verstanden.

7.3

Wo *Ich* vor dir erscheine, schlag das Kreuz und fange an zu beten.

Um Meinetwillen rücke dich und lass die andern auf den faulen Häuten liegen.

Was dich bedroht ist nicht von Meinem Schlag, was dich ermuntert schon.

Bist du im Element, so steh Ich offenbar daneben.

Immer lohnt es sich für dich zu schweigen, wenn Ich für einen Sermon vor dir steh.

Dich zu kasteien ist nicht schön, durch Entsagung aber wirst du reifen.

Mein Monopol ist es Welten zu kreieren, deines sie beständig zu beleben.

Vieles spricht für dich, doch viel mehr kündet Mein Verhalten.

Du pflegst mit Pomp und Cirkumstanzen aufzutreten, Ich mit einem Lächeln wunderbar.

Manche Grösse ringt dir ein beseeltes Lächeln ab, Gottes Kraft jedoch ein kräftiges Ohoo.

Schon im Ansatz geht's bei Mir um grosse Taten, deinen folgt zumeist ein leides Jeminee.

Bedenkenlos kannst du durch Meine Gänge wandeln bis ins Ziel.

Auf dich kommt es gerade an, dem Ganzen noch den Rest zu geben.

Willst du dich profilieren, steh bei Mir um Ratschlag an.

Frägt dich jemand nach dem Weg zu Mir, verweis ihn auf das Herz in allen Kreaturen.

Du sitzest still, derweil *Ich* ständig reagiere.

Ich will das Verhältnis zu dir stets entspannen, doch du spannst es ständig wieder an.

Öffne Mir dein Herz, damit Ich seine Zügellosigkeit beweine.

Auf jeden Fall kannst du bei Mir die Obhut finden, deren du so sehr bedarfst.

Was willst du schon mit deinen Tändeleien tun, Ich lehr dich Besseres zu generieren.

Viele Felle schwimmen dir davon, die *Ich* für dich noch hätte retten können.

Das Gebräu in deinen Schalen ist nicht wert, dass man es riecht, aus den Meinen aber flutet dir ein würzevoller Duft entgegen.

Wann wird wohl deine Sehnsucht Mich erfassen können: Jetzt oder nie.

In Liebe vereint, von Stärke umwunden, das gottmenschliche Paar.

Was trichterst du dir ein, wo *Ich* dir doch die Himmelskraft beschieden.

Mit welchem Fuss beginnst du endlich Meinem Wigwam zuzulaufen.

Was stielst du dich davon, wo Ich dich schon am Wickel halte.

7.4

Nun zeigt sich bald, was Ich so meine, in Bezug auf deine klassischen Gedankengänge nicht von hier.

Dein Erinnern ist so schwach, selbst wenn deine Träume siedend heisse waren.

Ich stelle alles in den Schatten mit dem allerletzten Sonnenstrahl.

In wessen Namen willst du zeugen, wenn dir Meiner nicht genügt.

Erwecke deinen Glauben und du bist frei im Herzgewühl.

Deine Tugend soll sich tätig zeigen, als allein im Herzgefühl.

Mit Extras kommst du nicht sehr weit, wenn dir die gängigen Gesetze nicht gefallen.

Mein Gebot ist stets das Höchste, sodass Ich alles an Mich zieh.

Du beschäftigst dich mit Kinkerlitzchen, statt beglückt im grossen Ganzen aufzugehn.

Meine Meinung ist gemacht, dass *Ich* zuerst die Zinnenstürmenden begrüsse.

Für einen Bruder, eine Schwester kannst du nicht so leicht Ersatz erlangen.

Es gibt so vieles, was Mich an die gute alte Zeit erinnert, als wäre Ich denn dort noch da.

Deine Kühnheit geht dir nie verloren, wenn du sie nur tüchtig pflegst.

Weichst du Mir aus, so will Ich dir erst recht konstant begegnen.

Auf die Mitte kommt es an, an den Rändern bist du sowieso verloren.

In der ewigen Natur musst du keine Steine mehr behauen.

Mir liegt gar viel daran, dich tüchtig aufzuklären, damit du nicht in Fallen tapst, die dich zerstören.

Mit dir ist's aus sowie du in bist in so vielerlei Gefahren.

Der Verein hat immer recht, wenn die Mehrheit kommt mit fixen Zahlen.

Geht es um Mich, so musst du dich halt fallen lassen.

Wenn's am Bügel sitzt, kann's auch im Anzug nimmer fehlen.

Schaust du zu, so wird dein Blick auf viel Gescheites fallen.

Rechtsum, linksum, der Drill wird dich aus deinem Firlefanz erlösen.

Bist du tapfer, muss dir sogar der Elefant Gehorsam leisten.

Vertraust du Mir führ` Ich dich in die sieben Seligkeiten ein.

Hand in Hand lässt sich`s am besten übers Brücklein gehn.

7.5
Suchst du Distanz so suche Ich geschwisterliche Näh.

Falte die Hände und bete das Wort: Ich flehe Dich an.

Gottes Donnerwort ist nur im All zu hören, doch als Echo auch in dir.

Damit Ich rede musst du schweigen vor der eignen Tür.

Nimm den Trost, Ich will in dir umsonst vergeben.

Zieh die Ruder ein und lass dein Boot von Mir getrost stromabwärts treiben.

Meine Blüten zeigen dir wo du den Frühling darfst erwarten.

Bist du in die Klemme geraten kommt die Lösung alleweil von Mir.

Wenn du handelst handle doch in Meinem Namen, deinem Wohl zulieb.

Mir schwant du hättest nicht genug getan, um Mein Zugtor zu erreichen.

Immer tust du gut daran Meinen Ratschluss zu befolgen durch die guteTat.

Beuge dich dem Sein, es wird dich wieder heben.

Monotheismus ist gut für die die nicht an Götter glauben.

Was *Ich* verworfen habe kommt nur mit Meiner Hilfe wieder hoch.

Im Gleichschritt mit Mir kommst du stetiger voran.

Was du bisher erbracht hast ist nicht gerade viel, da sollte sich noch vieles meliorieren.

In grossen Zügen schreit` Ich dir voran und du folgst Mir wenigstens in kleinen nach.

Viele Seile sind von Mir gespannt, damit die Ahnungslosen nicht hinunterfallen.

Nun gilt es für dich weiter vor dich hin zu schauen, als es bisher war.

Was folgerichtig ist muss dementsprechend auch von dir behandelt werden.

Überlege dir einmal was kommt sobald Ich gehe.

Meine Härte ist noch lange weicher als dein Herz Mir gegenüber.

Bist du dir bewusst, dass es nicht für immer Zeit ist etwas für dein Himmelreich zu tun.

Bin Ich der Herr, so muss Mir auch die Herrschaft über dich gehören.

Wem willst du dein Herz erschliessen? Schau zu dass es zu Mir sich wendet.

Nicht Meine Hilfe tut dir Not, sondern deine Mir entgegen.

Was Ich von dir verlange ist ein mildes Herz und eine ganze Seele.

Willst du ehrlich sein beginne gegenüber Mir mit deinen Phrasen.

Die Gottgefälligkeit ist eine kluge Tugend über allem Weh.

Sei nicht kleinlich sondern grandios.

7.6
Ich bin der Gottheit einzigartig Los.

Am Gehäuse fehlt es nicht, doch der Inhalt muss sich mächtig wandeln.

Was dir fehlt ist Mir zur Herzensangelegenheit geworden.

Unwiderlegbar sind Meine kanonischen Texte.

Womit willst du dich behaften, wenn doch Ich Mich schon mit allem Möglichen herumgetrieben habe.

Von klein auf bist du gross und wirst am Ende unübertrefflich werden.

Sang und klanglos sollst du nicht an Mir vorübereilen.

Du hast offenbar nichts Besseres zu tun, als dich am Abgrund zu bewegen.

Ich klage dich nicht an ob deinem Krämpfen, kämpfen aber will Ich nicht mit dir.

Auf Tagediebe Bin Ich schlecht zu sprechen, hingegen auf Gewissenhafte gut.

Bist du auch nicht von schlechten Eltern, musst du dich ebenso vor Mir in Szene setzen.

Jede Stimme zählt, auch wenn die Deine zittert im Verfahren.

Unerhörtes künde Ich mit grossen Lettern an, dann folgen viele kleine.

Noch ist es für dich heimelig und traut bei Mir, doch es könnte plötzlich anders werden.

Ich lasse auch die Fliegen leben, selbst wenn sie wirklich lästig werden.

Was *Ich* dir bedeuten soll, siehst du am besten selber ein in deinen Spekulationen.

Bist du behindert, lass Ich ein Hilfsgerät für deine Sprünge bauen.

Wo immer es dich zwickt, hab Ich dafür den Zwack erfunden.

Deine Ernte sollst du auch bei Mir verdanken.

Dein Lobenswertes kann Ich nie genügend preisen.

Bei Mir geht's immer fürstlich zu und her, darf Ich mit dir teilen?

Den Endpunkt deiner Bahn bestimme Ich auf mannigfachen Gleisen.

Mit welcher Münze zahlst du heim, etwa mit der Gleichen.

Wo immer es um Mich geht, scheint es auch um dich zu gehen.

In obern Lagen kenne Ich mich aus, nun kommen auch die Unteren dazu.

Was Ich dir schriftlich übergebe, hat besondere Bedeutung im All-Hier.

Bist du gepudert, lege Ich das Seidenhemd dazu, um dich vollends zum Götz zu stilisieren.

Nach Meinem Wissensstand fehlt es dir an nichts, nach deinem aber schon.

7.7
Stimmen deine Gedanken mit den Meinen überein, brauche Ich dich nicht mehr zu erlösen.

Ich hole dir die Kohlen aus dem Feuer, damit du die Fingerchen nicht versengst.

Wenn du weisst wofür Ich dich verwende, wirst du gern bei Mir in Stellung gehn.

Was kramst du da heraus: Eine alte Note, die zu nichts mehr taugt.

Willst du erfolgreich sein, sollst du nicht ständig deine Münzen zählen.

Mit Barem bringst du meistens mehr zustande, als wenn du Goldenes versprichst.

Ich prüfe, wem Ich trauen soll und traue nur Geprüften.

Was schleichst du so suspekt herum, Ich will dich lieber offen sehn.

Mit Härte fass Ich nur die Harten an, die Milden aber lass Ich durch die Finger laufen.

Im Buch der Weisheit steht von dir nicht viel, in andern aber wimmelt`s von Bezügen.

Ein gerechter Richter kann die Augen vor der Wahrheit nicht verschliessen, der Ungerechte aber profitiert davon.

Was regst du dich von wegen Mückenstich so auf, Ich hab ganz anderes ohn` Mucksen zu ertragen.

Mitten im Toben vergiss nicht, was Ich dir da oben Köstliches bereitet habe.

Zieh lieber die gerade Linie, später kannst du immer noch mäandern.

Was du dir jüngst geleistet hast geht auf keine Kuhhaut, Schlingel du.

Von echtem Wissen keine Spur, da gilt es für dich noch gewaltig zuzulegen

Schluckst du leer, musst du unweigerlich verderben, schliess dich lieber Meiner Fülle an.

Wärme braucht ein Jeder, bitte hole sie bei Mir.

Willst auch du, so will Ich hie und da zum Vorschein kommen.

Ein wunderbarer Vorteil ist es doch, Mir zu gehören.

Mit Verfügungen lässt sich gut streiten, nur sind manche schon total veraltet.

Ich halte dich am Bändel, bis du so vernünftig bist, dich selbst zu führen.

Klare Weine gibt es viel, nur schenkt man sie zu selten ein.

Bist du wachsam, kann dir Mein Kommen nicht entgehn.

Für die in Liebe Vereinten dreht sich die Welt bezaubernd schön.

Ich kanzle niemand ab, der sich Gedanken macht über sein Vergehn.

Willst du bei Mir sein muss Ich's wohl leiden.

So warm empfehl Ich dir dich vollends an Mich anzugleichen wie's die Stunde dir gebietet.

7.8
Weltenform ist Götterform zu allen Zeiten, reiner Geistigkeit entstiegen.

Was willst du Mir denn sagen, in des Lebens Sinn und Not.

Wo trinkst du Hoffnung besser als bei Mir im unermesslichen Pokal.

Was Ich dir versprochen habe halt Ich ein in göttlichem Bewähren.

Was stehst du da und schaust dich um und kannst Mich doch nicht finden.

Verzweifle nicht am Zweifelhaften, aber zieh dich am Gediegenen empor.

Hast du dem Gesetz genüge getan, ist dein Herz daran Mir zu genügen.

Wie auf Felsenstufen tritt hinauf zu Meinen meisterlichen Bastionen.

Meine Wahrheit ist geschickt verpackt, sodass sie nicht veruntreut werden kann.

Du Meine Güte, was hast du wieder angerichtet unter Meinen Augen.

Spürst du Drangsal, dränge dich an Mich, reine Güte zu erleben.

Vor Meinen Augen gibt es keine Schuld, nur klägliches Versagen.

Gestattest du Mir, dich an Meine Ufer zu entführen, wirst du nimmer untergehn.

Nur eine Sache der Zeit ist es, bis du dein Heil in Mir gefunden hast.

Was gibt es Schöneres für dich, als Mein unendliches Vergeben.

Ich beziehe Mich auf Mein Vermögen wahr zu sein in jeder Situation.

Kennst du den Spruch: Nun gilt es ernst im Über-dich-Verfügen.

Was immer Ich dir schuldig Bin, will Ich in wohlgemessnen Tranchen retournieren.

Für Hüpfer ist die Zeit noch nicht gekommen, aber üben kannst du schon.

Meine Zwecke sind erfüllt, wenn du nur deine auch erfülltest.

Schon lange warte Ich darauf, dass du begreifst, was Ich so meine mit dem Sein in deinen Nieren.

Bin Ich nicht von hier, so bist du es desgleichen, wenn man's recht bedenkt.

Ich behandle dich wie einen der sich ausruht auf der linken Spur.

Niederträchtigkeit ist kein Verdienst vor Meinem prächtigen Erscheinen.

Spürst du Sand in deinen Augen, wasche Ich ihn gerne aus.

Noch nie bist du enttäuscht von Mir gewesen, Ich von dir hingegen schon.

7.9

Der Zunder glüht in deinem Herzen und facht den Lebensmut gehörig an.

Trittst du aus dem Schatten ist es, um Mein Liebeslicht zu sehn.

Es gibt so viel zu reden, dass du doch beinah` nicht mehr verstehst.

Tonnenschwer ist, was Ich dir so leichthin unterbreite.

Empfindlich hin, empfindlich her, ins Wasser musst du steigen.

Ich habe eine spezielle Art, Meine Freunde hochzuheben.

Welcher Wahn von dir, dich an seinen Arm zu hängen.

Das Pompöse hat nur wenig mit Vernunft zu tun im Menschengarten.

Greif und greif nur an, Ich gebe mit Vergnügen nach im Handgemenge.

Bist du ausser Stande gut zu sein, sei wenigstens gesprächig.

Im wilden Westen wurden Streite noch mit Herzblut ausgefochten bis zum Gehtnichtmehr.

Sag Ich ja, so sag Ich`s unter der Bedingung, dass es damit mit dir vorwärts gehst.

Ich lauf dir nie davon, doch du bist dabei ständig am Verschnaufen.

Trinkwarm sollen deine Worte sein, damit die Leute sich die Zunge nicht daran verbrennen.

Suchst du einen Schatz, so musst du mit Gewissheit graben.

Aussen voll, innen hohl ist manche gängige Parole.

Eine würdige Annonce: Hast du den Koller, komm in Mein Cafè.

Der gewiegte Gast kann die Rechnung kaum erwarten, um sich damit aus dem Staub zu machen.

Der gewandte Krieger hat drei Säbel, einen für den Knight, den Zweiten für die Bosheit und den Dritten für die schlechte Laune im Quartier.

Der Uralte stand gerade neben Mir, als Ich ihn sagen hörte: Sei und sei gegrüsst in Meinen Armen.

Wo zu viel Betrieb ist geh hinüber in die absolute Ruh.

Was willst du von den Geistern halten, wenn du sie nicht winken siehst.

Hör die Kunde von dem Geist und allem Sein im Weltenwesen.

Sei auf dem Sprung ins Jenseits Tag und nächtig im gesegneten All-Hier.

Feurig sei in deinen Taten, selig in der Ruh.

Dein Inn`res sei dem Glanz der Sonne zu vergleichen.

Ludwig Weibel
Lebt in CH-9200 Gossau SG
www.das-sein.ch
ludwig.weibel@gmail.com